Der Edelsteinblick

Das Geheimnis erwacht

Band 1

Sylvia Geiselhart

Der Edelsteinblick

Eine magische Reise für junge Entdecker

Band 1

Sylvia Geiselhart

Copyright-Seite (Impressum)

Bibliografische Information der Deutschen Nationalbibliothek:
Die Deutsche Nationalbibliothek verzeichnet diese Publikation in
der Deutschen Nationalbibliografie; detaillierte bibliografische
Daten sind im Internet über dnb.dnb.de abrufbar.

Verlag: BoD · Books on Demand GmbH, In de Tarpen 42, 22848
Norderstedt, bod@bod.de

Druck: Libri Plureos GmbH, Friedensallee 273, 22763 Hamburg

ISBN: 978-3-7597-8559-6

folge mir gerne für mehr: https://linktr.ee/Edelsteinblick

Widmung und Danksagung

Dieses Buch ist meinem Bruder Tobias, seiner lieben Ehefrau Alexandra und meinen drei wunderbaren Nichten Amadea, Davia und Livana gewidmet. Auch wenn wir uns nicht oft sehen, seid ihr für mich wie strahlende Facetten eines kostbaren Edelsteins – jede von euch einzigartig und voller Leben.

Besonders widme ich dieses Buch unseren Eltern, die uns immer wieder zeigen, wie wichtig es ist, die Welt aufmerksam und mit offenem Blick zu betrachten. Durch ihren Glauben, ihre Weisheit und ihre Liebe haben sie uns Mut geschenkt, die Welt in all ihren Facetten zu sehen und unsere eigene Wahrheit darin zu finden.

Mein besonderer Dank geht an:

René Zapletal und Jürgen Dankoweit, die mir beim Formatieren dieses Buches geholfen haben. Ohne euch hätte es noch eine ganze Menge an Geduld gekostet. Und an Karsten Döring, er hat über die Grafiken geschaut, die ich für dich als Leser/in programmiert und bearbeitet habe, damit diese auch drucktauglich sind und ich sie somit in dieser Geschichte zeigen kann. Und natürlich Nova! Vielen lieben Dank für deine wertvollen Tipps und Hilfestellungen.

Ohne eure Hilfe wäre dieses Buch halb so schön geworden.

Nur gemeinsam ist man stärker!

Dankeschön.

„Ein Edelstein glitzert wie ein kleiner Stern und birgt viele verborgene Facetten – jede funkelt anders, wie Farben im Licht. Doch nur wer mit dem Edelsteinblick genau hinsieht, kann die magischen Mysterien entdecken und das funkelnde Geheimnis erwachen lassen.“

Inhaltsverzeichnis

Vorwort

Hast du schon einmal von einem magischen Ort geträumt, der voller Geheimnisse und Wunder steckt? In diesem Buch reisen wir mit zwei Geschwistern in genau so eine Welt – eine Traumwelt, die nur betreten werden kann, wenn die Augen geschlossen sind und das Herz offen. Dort, auf der Traumebene, erwacht ein verzauberter Wald, in dem alles möglich scheint. Die Bäume flüstern Geschichten, leuchtende Pflanzen weisen den Weg und funkelnde Lichter tanzen in der Luft. Es ist ein Ort, an dem jeder Schritt ein Abenteuer birgt.

Die Geschwister haben einen besonderen Auftrag: Sie wollen die legendäre Edelsteinhöhle finden, das Herz des Waldes. Diese Höhle soll tief verborgen sein und von einer Magie durchdrungen, die nicht nur den Wald, sondern auch jeden verändert, der sie betritt. Die Höhle ist kein gewöhnlicher Ort – sie spiegelt die innere Welt jedes Reisenden wider, zeigt Wünsche, Träume, aber auch Herausforderungen, die es zu meistern gilt. Doch der Weg dorthin ist alles andere als einfach.

Die beiden Geschwister müssen lernen, den Wald mit einem besonderen Blick zu sehen – dem „*Edelsteinblick*". Dieser Blick offenbart die verborgenen Wege, die Hinweise und Rätsel, die sonst im Schatten liegen. Gemeinsam entdecken sie, dass der wahre Schlüssel zur Edelsteinhöhle nicht aus Gold oder Silber besteht, sondern aus etwas, das jeder in sich trägt: dem eigenen Herzen. Nur wer sein Herz öffnet, kann die Magie des Waldes verstehen und den Weg ans Ziel finden.

Dieses Buch lädt dich ein, mit den Geschwistern auf eine Reise zu gehen – eine Reise zu den verborgenen Facetten der Traumwelt und zu den Geheimnissen, die tief in dir schlummern. Es zeigt, dass Mut, Vertrauen und der Wunsch, die Welt mit offenen Augen zu sehen, alles möglich machen. Also, schließe die Augen, lass dich von der Magie tragen und mach dich bereit, die funkelnden Pfade des *Edelsteinblicks* zu entdecken.

Prolog

Es gibt Nächte, die von Anfang an anders zu sein scheinen. In diesen Nächten ist die Dunkelheit ein wenig dichter und das Licht des Mondes fällt so still, als wolle es etwas verbergen. Kein Laut ist zu hören, außer dem Rascheln der Blätter, die sich wie Schatten unter dem Nachthimmel bewegen. Doch wenn man genau hinhört, gibt es ein Flüstern – leise, fast wie ein Hauch. Es ist die Art von Nacht, in der die Welt still wird, damit etwas Unbekanntes laut sprechen kann.

Es war eine solche Nacht, in der der Wind durch die uralten Bäume glitt und ein kühles Wispern mit sich trug. Dieser Wind war kein gewöhnlicher Wind. Er war kühl und sachte wie ein ferner Atemzug und brachte eine Botschaft mit sich, die nur die aufmerksamsten Ohren vernahmen. Manche sagten, es sei das Flüstern von Wesen, die längst vergangen sind, andere nannten es die „Stimmen der Bäume", die nur nachts zu sprechen wagen. In jedem Fall spürte jeder, der wach genug war, eine seltsame Spannung, die ihn mit einem feinen Kribbeln durchzog.

Tief im Herzen des Waldes, an einem Ort, den kaum jemand kennt, schienen die Schatten lebendig zu werden. Dort, wo das Mondlicht auf die bemoosten Steine fiel und die alten Wurzeln wie Hände aus dem Boden ragten, lag eine unsichtbare Schwelle. Man konnte sie nicht sehen, aber jeder, der in dieser Nacht in die Nähe kam, spürte sie – eine verborgene Grenze zwischen dem Hier und dem Dort. Manche sagen, dies sei der Zugang zu einer anderen Welt, einer Welt voller alter Magie, die nur nachts ihre Geheimnisse preisgibt.

In genau diesen Nächten, wenn der Mond auf seinem höchsten Punkt steht und die Dunkelheit selbst zu lauschen scheint, öffnet sich manchmal ein Pfad. Ein schmaler, schimmernder Weg, der nur für jene sichtbar ist, welche genug Mut haben, ihm zu folgen. Es heißt, dieser Pfad führt zu einem Ort, an dem das Unbekannte auf die neugierigen Herzen derer wartet, die fest genug an die Wunder des Verborgenen glauben.

Der Wind, der durch die Bäume rauschte, hielt kurz inne, als lauschte er selbst und ein schwaches, kaum hörbares Lachen mischte sich in die Stille. Wer die Augen in dieser Nacht fest geschlossen hielt, mochte sicher schlafen. Doch für die, die noch wach blieben, gab es das leise, schaurige Gefühl, dass etwas sie rufen könnte – dass die Dunkelheit selbst ein Geheimnis flüstern wollte.

Und so begann in jener Nacht ein Abenteuer, eines, das all jene finden, die den Mut haben, der Stille zu lauschen und den Pfad zu betreten, der nur einmal in vielen, vielen Nächten erscheint.

Kapitel 1: Gute Nacht und ein Hauch von Magie

Die Sonne war gerade hinter den Hügeln versunken. Ein blasser, silberner Mond erhob sich still über dem kleinen Haus am Waldrand. Draußen rauschte der Wind durch die alten, knorrigen Äste der Bäume und trug ein leises Flüstern mit sich, das wie ein uraltes Geheimnis klang. Es war ein seltsam kühler und sachter Wind. Doch spürte man eine seltsame Spannung darin, als wollte er etwas Uraltes und Verborgenes preisgeben.

Drinnen, im warmen, gedämpften Licht ihres Zimmers, lagen Sylvia und Tobias bereits in ihren Betten und lauschten dem geheimnisvollen Flüstern, das von draußen zu ihnen herüberdrang. Sylvia spürte ein Kribbeln, das sie nicht ganz verstand und warf einen schnellen Blick zu Tobias. Seine großen Augen waren wach und rund vor Aufregung, als lausche er selbst einem geheimen Ruf. Sie hatte das Gefühl, dass diese Nacht anders war als andere und eine leise Unruhe vermischte sich mit dem vertrauten Gefühl der Geborgenheit.

Die beiden hatten gerade einen sanften Gute-Nacht-Kuss von ihren Eltern bekommen und ihre Mutter hatte die Decken liebevoll bis zum Kinn hochgezogen. Doch als sie nun allein im Zimmer lagen, schien die Dunkelheit sich ein wenig dichter um sie zu legen. Tobias hielt sein Stofflamm Lizzy fest an sich gedrückt, als könne es ihm Schutz geben. Er blinzelte zu Sylvia hinüber, seine kleinen Hände fest um das weiche Fell gekrallt.

„Sylvia?" flüsterte Tobias, seine Stimme war kaum mehr als ein Hauch. „Warum klingt der Wind heute so... anders?"

Sylvia überlegte kurz und spürte eine seltsame Faszination für das unruhige Flüstern von draußen. Sie strich eine ihrer langen haselnussbraunen Locken zurück, die ihr ins Gesicht gefallen war. „Vielleicht," begann sie leise und mit einem geheimnisvollen Ton, „versucht der Wind uns etwas zu erzählen."

„Aber was?" Tobias zog die Decke ein wenig höher und lauschte angespannt. Es war eine Mischung aus Aufregung und einem Gefühl des Unbekannten, das ihn wachhielt.

„Vielleicht", flüsterte Sylvia und rückte ein wenig näher an ihn heran, „erzählt er von einem Ort, den wir noch nicht kennen, aber den wir heute Nacht finden könnten. Es gibt nämlich einen Wald, so tief und dunkel, dass er nur in Nächten wie dieser seine Geheimnisse preisgibt."

Tobias hielt den Atem an und lauschte, seine Augen groß und erwartungsvoll. „Einen Wald? Und was ist da drin?"

Sylvia setzte sich auf und beugte sich zu ihm hinüber. Ihre Augen funkelten und ihre Stimme senkte sich zu einem gedämpften Flüstern, das beinahe eins mit dem nächtlichen Wind wurde. „Hör gut zu, Tobias. Es gibt Bäume, die so alt sind, dass sie die Geheimnisse der Sterne kennen. Wenn die Nacht still genug ist und das Mondlicht durch die Blätter schimmert, öffnen sich verborgene Pfade – die Elfenpfade."

„Elfenpfade?" wiederholte Tobias, seine Stimme war nur noch ein leises Staunen.

„Ja," bestätigte Sylvia ernst. „Nur Kinder können sie sehen. Es sind kleine, schimmernde Wege, die zu einem geheimen Ort führen – dem Land der funkelnden Kristalle. Manchmal hört man das leise Lachen der Elfen im Wind, wenn man ganz still ist."

Tobias lauschte und glaubte fast, das feine Lachen hören zu können, das sich mit dem geheimnisvollen Flüstern des Windes vermischte. Er kuschelte sich noch ein wenig enger an Lizzy und sah Sylvia mit leuchtenden Augen an. „Und was passiert, wenn wir einen dieser Kristalle finden?"

Sylvia lächelte. „Wenn du einen Kristall berührst, fließt das Licht der Sterne direkt in dein Herz. Dann weißt du, dass du nie wirklich allein bist, dass alles Wundersame und Geheimnisvolle der Welt um dich ist und dich beschützt."

Ein Schaudern lief Tobias über den Rücken, doch es war ein angenehmes Schaudern, das ihn noch wacher und gespannter machte. „Ich würde so gern einen Kristall finden… "Denkst du, dass wir den Weg dahin heute Nacht finden könnten?"

„Vielleicht," sagte Sylvia geheimnisvoll, „wenn wir fest daran glauben und unser Herz offenhalten. Vielleicht zeigt uns der Wind heute Nacht den Weg." Sie legte sich zurück und beide lauschten noch einmal dem Wind, der sanft, aber beständig weiter durch die Bäume zog und dabei eine leise, fast unheimliche Melodie zu singen schien.

Mit diesen Gedanken schliefen sie schließlich ein, jeder für sich in die Vorstellung des geheimnisvollen Waldes und der funkelnden Kristalle versunken. Während der Mond über den Baumwipfeln des Waldes leuchtete, schien der Wind ein kleines, fast unsichtbares Lächeln mit sich zu tragen – als wüsste er, dass in dieser Nacht eine Reise begann, die alles verändern könnte.

Kapitel 2: Ein Sternenhimmel voller Wunder

In dieser Nacht war der Himmel über dem kleinen Haus am Waldrand klarer und tiefer als jemals zuvor. Sylvia und Tobias lagen nebeneinander in ihren Betten, doch an Schlaf war dann doch nicht zu denken. Die Geschichte, die Sylvia ihrem Bruder gerade erzählt hatte, lebte noch in ihren Gedanken und das Bild des geheimnisvollen Waldes und der funkelnden Kristalle schimmerte lebendig in ihren Herzen.

Tobias rollte sich auf die Seite und blickte aus dem Fenster. Über ihm erstreckte sich ein atemberaubender Sternenhimmel, an dem die Sterne funkelten wie winzige Juwelen. Der Mond stand rund und strahlend am Nachthimmel, als wäre er ein stiller Wächter über der schon schlafenden Welt. Doch in dieser Nacht schienen die Sterne intensiver, fast lebendig und Tobias glaubte für einen Moment, dass sie sich in seinem Blick veränderten.

„Sylvia", flüsterte Tobias und streckte die Hand zu seiner Schwester aus, „siehst du die Sterne? Sie funkeln heute so hell. Meinst du, sie wissen von der magischen Höhle?" Er fühlte ein leichtes Kribbeln in sich aufsteigen, als ob die Sterne selbst ein Teil ihrer geheimen Geschichte wären.

Sylvia richtete sich auf und blickte ebenfalls nach draußen. „Weißt du, Tobias", sagte sie leise, „es heißt, die Sterne hören die Wünsche der Menschen. Sie verstehen die Träume, die wir im Herzen tragen. Manchmal, wenn jemand ganz fest an etwas Wundervolles glaubt, helfen die Sterne dabei, diesen Traum wahr werden zu lassen." Ihr Herz klopfte schneller und ein leichtes Flimmern des Zweifels regte sich in ihr – was, wenn die Sterne tatsächlich lauschten und jede ihrer Wünsche „sahen"?

Tobias schaute sie mit glänzenden Augen an. „Glaubst du, sie könnten uns den Weg in den Zauberwald zeigen?"

„Ja, das glaube ich," sagte Sylvia, doch ihre Stimme klang fast ehrfürchtig. „Vielleicht sind die Sterne wie eine leuchtende Karte, die uns zu den verborgenen Pfaden führen kann. Wenn wir den Sternen vertrauen und mutig sind, könnte uns der Mond den Weg zeigen."

Als Sylvia die Worte aussprach, spürte sie für einen Moment eine seltsame Mischung aus Aufregung und leiser, kribbelnder Furcht. War es möglich, dass der Sternenhimmel wirklich lebendig war und sie beobachtete? Und was, wenn die Sterne sie auf die Probe stellen wollten, um zu sehen, ob sie den Mut hatten, ihren Weg zu finden?

Tobias rollte sich wieder auf die Seite und blickte ernst aus dem Fenster. „Und wenn wir dann den Weg finden," fragte er mit fester Stimme, „wie gelangen wir zur Höhle der funkelnden Kristalle?"

„Es gibt eine alte Geschichte, die unsere Mutter uns einmal erzählt hat," sagte Sylvia nachdenklich. „Sie besagt, dass eine silberne Schnur uns mit den Sternen verbindet. Diese Schnur wird nur dann sichtbar, wenn unser Herz voller Mut und Glauben ist. Wenn wir an die Magie des Waldes glauben, zeigt sie uns den Weg." Sie sah hinaus in die Nacht und es schien ihr fast, als hätte sich ein zarter, schimmernder Faden nur für den Bruchteil eines Augenblicks zwischen ihnen und den Sternen gespannt.

„Eine Silberschnur?" Tobias blickte sie an, die Augen vor Faszination weit geöffnet. „Wie sieht sie aus?"

„Stell dir vor,“ sagte Sylvia leise, „sie ist so fein wie ein Spinnennetz im Morgentau und schimmert im Licht der Sterne. Sie verbindet jeden von uns mit den Wünschen, die wir im Herzen tragen. Wenn wir fest an die magischen Dinge glauben, wird sie sichtbar und zeigt uns den Weg.“

Tobias sah hinaus, versuchte die silberne Schnur zu entdecken und murmelte schließlich: „Also müssen wir ganz fest an den Zauberwald glauben!“

„Genau!“ Sylvia lächelte, obwohl sie eine leichte Nervosität verspürte. „Je mehr wir uns auf die Magie einlassen, desto heller wird die Silberschnur leuchten.“ Ihr Herz pochte aufgeregt, aber ein kleiner Funke Zweifel blieb in ihr zurück. Was, wenn die Schnur wirklich auftauchte und der Sternenwald tatsächlich auf sie wartete?

Entschlossen schloss Tobias die Augen. „Dann werde ich jetzt an den Zauberwald denken und mir wünschen, dass wir die Höhle mit den Kristallen finden.“ Er verspürte einen Anflug von Aufregung und Leichtigkeit, als hätte sich eine unsichtbare Tür in die Welt des Wunderbaren geöffnet.

Die Geschwister schlossen ihre Augen und ihre Gedanken wanderten hinaus zu den funkelnden Sternen, die sie mit schimmernden, fast wachenden Blicken ansahen. Der Mond schien warm und weich in das Zimmer hinein und ihre Atemzüge wurden allmählich ruhiger, als sie in den Schlaf glitten – einen Schlaf, der ihnen mehr versprach als gewöhnliche Träume.

In ihrem Traum spürten Sylvia und Tobias einen kühlen, sanften Nachtwind auf ihren Wangen. Als sie die Augen öffneten, standen sie Hand in Hand am Rand des Waldes hinter ihrem

Haus. Doch der Wald, den sie tagsüber kannten, hatte sich verändert – er wirkte tiefer, geheimnisvoller und war voller schattenhafter Geheimnisse. Über ihnen glitzerte der Sternenhimmel heller und lebendiger, als hätte jemand eine Decke voller funkelnder Juwelen über die Welt gespannt und Sylvia hatte das seltsame Gefühl, dass die Sterne ihre Schritte aufmerksam verfolgten.

„Schau mal, Tobias!" flüsterte Sylvia, als ihre Augen die Bewegung eines Sterns erfassten. „Die Sterne bewegen sich, sie bilden einen Pfad!"

Tatsächlich begannen einige der Sterne über ihnen zu leuchten und sich in einer weichen, silbernen Linie durch die Dunkelheit zu spannen – eine kleine, funkelnde Spur, die wie eine schimmernde Karte in den Wald hineinführte. Der Pfad glitzerte in allen Farben und ein Gefühl von Ehrfurcht erfüllte sie, als ob der Wald selbst sie einlud und doch gleichzeitig prüfte.

„Das ist der Weg, der uns zur magischen Höhle führen kann", sagte Sylvia ehrfürchtig. „Die Sterne haben uns erhört."

Tobias nickte, seine Augen weit vor Staunen. Vorsichtig setzten sie ihren Fuß auf den funkelnden Pfad, der sich in sanftem Licht durch die Bäume schlängelte. Jeder Schritt ließ die Sterne unter ihnen heller glitzern und der Wald erwachte in einem mystischen Schein. Kleine Lichtpunkte tanzten wie winzige Glühwürmchen um sie und das Lied des Windes sang in den Blättern, als würde er ihnen Mut zusprechen.

Am Rand des Weges entdeckten sie plötzlich eine winzige Gestalt. Ein kleines Wesen mit schimmernden Flügeln, die das Sternenlicht einfingen und in einem zarten Silber glitzerten.

„Willkommen, kleine Reisende", sagte das Wesen mit einer Stimme, die wie ein leises Lied klang. „Ich bin Lumira, eine der Sternenfeen und ich werde euch begleiten."

Tobias schnappte leise nach Luft. „Eine Sternenfee! Sylvia, wir sind wirklich im Zauberwald!"

Lumira lächelte und begann, sie tiefer in den Wald zu führen. „Eure Herzen sind voller Glauben und Mut", flüsterte sie, „deshalb könnt ihr den Sternenpfad sehen. Die Silberschnur wird euch begleiten und euer Vertrauen bewahren."

Die beiden Geschwister folgten der Sternenfee immer tiefer in den geheimnisvollen Wald hinein, wo das Mondlicht Schatten in die Bäume warf. Der Pfad führte sie schließlich zu einem Hügel, auf dessen Spitze ein alter Baum stand, seine Äste wie Arme ausgestreckt, als wollte er den Sternenhimmel umarmen.

„Dies ist der Ort, von dem aus ihr die Höhle sehen könnt", flüsterte Lumira und zeigte zum Himmel.

Sylvia und Tobias blickten hinauf und zwischen den Zweigen des Baumes bildeten die Sterne das Muster eines leuchtenden Kristalls. Jeder Stern schien an seiner Stelle zu funkeln, als ob das Universum selbst ihnen den Weg offenbarte.

„Das ist der Kristallpfad", flüsterte Sylvia und ein ehrfürchtiges Lächeln legte sich auf ihr Gesicht.

Das Herz von Tobias pochte vor Freude. „Das ist wirklich das Zeichen!", rief er leise.

Die Sterne begannen noch heller zu leuchten und ein sanftes, goldenes Licht erfüllte den Hügel. Der ganze Wald war in einen geheimnisvollen Glanz getaucht und Sylvia und Tobias fühlten sich wie in einem Traum aus Sternen und Magie. Sie wussten, dass sie auf einem Pfad waren, der zu etwas Wunderbarem führte.

Kapitel 3: Die verborgene Lichtung

Der Wald lag still und geheimnisvoll im sanften Licht des Mondes. Die Blätter über den Köpfen der Geschwister bewegten sich kaum, doch ab und an flüsterte ein leiser Wind und es klang fast, als würde der Wald selbst ihnen etwas zuflüstern. Tobias drückte Sylvias Hand ein wenig fester und flüsterte aufgeregt: „Siehst du das da vorne?" Er deutete in die Ferne, wo ein sanftes, schimmerndes Leuchten zwischen den Bäumen zu sehen war.

Die beiden schritten vorsichtig weiter, ihre Schritte leise und die Augen gebannt auf das ferne Licht gerichtet. Schließlich erreichten sie eine kleine Lichtung. Der Boden war mit weichem, grünem Moos bedeckt und der Mond warf durch die dichten Baumkronen einen silbernen Schimmer auf alles um sie herum. Hier war die Luft anders – klarer und fast magisch, als sei diese Lichtung ein verborgener Ort, der nur darauf wartete, entdeckt zu werden.

Am Rand der Lichtung schwebte eine winzige Gestalt mit Flügeln, die in allen Farben des Regenbogens schimmerten und in der Dunkelheit leuchteten. Sie war kaum größer als eine Hand und bewegte sich leicht und grazil in der Luft. Sylvia hielt den Atem an, als das kleine Wesen sprach.

„Willkommen, kleine Abenteurer", erklang eine sanfte, melodische Stimme, die wie ein Glockenspiel klang. Die Gestalt lächelte ihnen entgegen. „Ich bin Airi, die Waldfee und ich habe gewusst, dass ihr eines nachts den Weg zu dieser Lichtung finden würdet."

Airi schwebte zu den Geschwistern und betrachtete sie mit Augen, die wie kleine Sterne funkelten. Ihre Flügel sahen aus, als wären sie aus feinem, glitzerndem Nebel gemacht. Ihre Anwesenheit strahlte eine Ruhe und eine Harmonie aus, die selbst Tobias, der zuvor noch ein wenig ängstlich gewesen war, nun völlig geborgen fühlen ließ.

Sylvia wagte es schließlich, Airi eine Frage zu stellen. „Airi, warum trägst du diesen Namen?"

Die Waldfee legte ihre winzigen Hände an ihr Herz und lächelte. „Mein Name, Airi, bedeutet ‚die Seele des Waldes'. Ich trage die Kraft, die in allem Lebendigen wohnt – in den Bäumen, den Blumen und den kleinsten Tieren. Es ist die Stimme der Natur, die im Wind und im Rascheln der Blätter flüstert."

Sylvia und Tobias lauschten gebannt. Sie spürten, dass Airi tatsächlich die Seele des Waldes verkörperte und dass sie Teil eines Geheimnisses waren, das nur die Eingeweihten des Waldes verstehen konnten.

„Diese Lichtung", fuhr Airi fort, „ist ein Ort, der nur jenen erscheint, die die Magie des Waldes im Herzen tragen. Weil ihr die Sterne um Rat gebeten und eure Herzen für den Zauber geöffnet habt, konnte euch der Wald bis hierher führen."

In diesem Moment raschelte es im Dickicht und ein Hase sprang hervor. Sein Fell schimmerte silbern im Mondlicht und auf seiner Nase funkelte etwas wie ein winziger Edelstein. „Willkommen, Abenteurer!" rief der Hase und hüpfte zu ihnen. „Ich bin Tempus, der Hüter der Zeit."

„Tempus?" wiederholte Sylvia erstaunt. „Was bedeutet das?"

„Tempus ist ein alter Name für die Zeit," erklärte der Hase mit Stolz und machte einen kleinen Sprung. „Ich kann durch die Zeit reisen wie andere Hasen durch einen Garten! Manchmal flitze ich so schnell, dass die Welt um mich herum stillzustehen scheint und dann lausche ich den Stimmen vergangener Geschichten."

Tobias sah ihn mit großen erstaunten Augen an. „Boah! Kannst du uns auch die Zukunft zeigen?"

Tempus lachte, ein sanftes, glockenhelles Lachen. „Die Zukunft ist voller Möglichkeiten und die Entscheidungen, die ihr trefft, formen euren eigenen Weg. Aber ich kann euch auf eurer Reise begleiten und euch helfen, die Zeit weise zu nutzen."

„Wisst ihr was?" fügte Tempus schelmisch hinzu. „Ich zeige euch etwas Spannendes. Ich werde ein paar Freunde herbeiholen, die euch zeigen, was es wirklich bedeutet, ein Teil des Waldes zu sein."

Mit einem plötzlichen, blitzschnellen Satz sprang Tempus nach vorne, seine Gestalt verwischte dabei und ein seltsames Summen erfüllte die Luft. Für einen Moment zerriss die Luft und ließ sie erzittern. Die Zeit schien zu flimmern und ein seltsam schimmerndes, ovales Portal öffnete sich direkt vor ihm. Die Ränder des Portals leuchteten in einem geheimnisvollen, schimmernden Blau, das an das kalte Licht ferner Sterne erinnerte. Ein leises, aber deutliches Surren erfüllte die Luft, als würde das Portal selbst atmen und für einen Sekundenbruchteil war alles wie eingefroren.

Mit einem kaum hörbaren „Plopp" verschwand Tempus im Inneren des Portals und eine seltsame Kälte breitete sich aus, so intensiv, dass die beiden Geschwister unwillkürlich einen Schritt zurücktraten. Es war, als ob die Dunkelheit des Waldes sich plötzlich verdichtet hätte und von diesem unheimlichen Riss in der Zeit angezogen wurde.

Die Stille, die zurückblieb, war so tief und fremdartig, dass es Sylvia vorkam, als sei die Zeit selbst für einen Augenblick stehen geblieben. Der Wind hatte aufgehört zu wehen und die Schatten um sie herum wirkten tiefer und länger. Ein feiner Nebel begann sich um das Portal zu sammeln, als ob er das Geheimnis dessen verbergen wollte, was jenseits dieses Risses lag.

„Wo… wo ist er hin?" flüsterte Tobias und tastete unsicher nach Sylvias Hand. Er hatte schon von Geschichten über Portale gehört, doch dies hier fühlte sich fremdartig, beängstigend und doch faszinierend an.

Noch bevor Sylvia antworten konnte, ertönte das gleiche „Plopp" erneut, doch dieses Mal war es lauter, hallte wie ein ferner Ruf durch den Wald und ließ die Bäume für einen Moment zittern. Die Luft begann zu schimmern, als würde ein unsichtbarer Vorhang gehoben und plötzlich trat Tempus wieder aus dem Portal hervor. Seine Augen glänzten im fahlen Mondlicht und sein sonst so fröhlicher Ausdruck hatte etwas Geheimnisvolles und Wissendes angenommen. Doch er war nicht allein.

An seiner Seite standen drei Elfen, deren Erscheinung die Dunkelheit durchbrach und eine mystische Aura verbreitete. Die erste Elfe, Nerida, trug ein Kleid, das in silbrigem Blau schimmerte, als wäre es aus Mondlicht und Wasser gewebt. Ihre Augen funkelten kalt und geheimnisvoll und ihre Flügel glitzerten wie feine, gefrorene Tropfen im Morgengrauen.

„Warum… warum sind die Elfen hier?" stammelte Tobias, seine Augen weit aufgerissen. Er hatte zwar von Feen gehört, aber Elfen… das war etwas ganz anderes, eine Kraft, die schwer zu fassen war, alt und voller Geheimnisse.

Tempus schmunzelte und sah die Geschwister mit einem wissenden Lächeln an. „Ihr fragt euch vielleicht, warum ich sie mitgebracht habe. Die Elfen sind Wächter der Natur und Hüter der tiefen Geheimnisse, die nur jene erblicken, die ein offenes Herz und einen scharfen Verstand haben. Sie stehen für das Wissen um die Elemente, die Seele des Waldes und die alten Geschichten, die die Zeit überdauern."

Ein wunderschöner blauer Schmetterling flatterte neben Nerida und umflog die beiden Geschwister. Der Schmetterling begann auf einmal wie ein Licht zu glühen an und mit einer kleinen Lichtexplosion war der Schmetterling auf einmal verschwunden und Lysandra, die zweite Elfe trat stattdessen hervor, ihre smaragdgrünen Flügel fächerten sich leise in der kalten Nachtluft. Ihre Augen leuchteten wie das tiefe, satte Grün des Waldes und als sie die Kinder ansah, verspürten sie eine seltsame Mischung aus Ehrfurcht und Staunen. „Ich bin Lysandra," sprach sie, ihre Stimme klang wie das leise Rascheln der Blätter im Wind. „Ich bewahre die Kraft des Lebens, die in jedem Blatt, in jeder Wurzel und jedem flüsternden Windhauch steckt."

„Und ich bin Nerida," fügte die erste Elfe hinzu, ihre Augen schimmerten wie der Mond über stillem Wasser. „Ich stehe für die Geheimnisse des Wassers – für das Verborgene, das Tiefe, welche sich nicht sofort zeigt. Die Kraft der Ruhe und der Stille, in der die Wahrheit schlummert."

Schließlich trat die dritte Elfe, Thalia, hervor, ihre Flügel schimmerten in einem zarten Violett, wie die Farbe des Dämmerlichts. Ihre Augen funkelten und ihre Stimme klang sanft, aber eindringlich. „Ich bin Thalia. Ich bewahre das Wissen um das Licht und die Schatten, die im Herzen aller Dinge wohnen. Ohne Dunkelheit gibt es kein Licht und wir sind hier, um jenen, die uns suchen, diesen Unterschied zu zeigen."

Tobias sah die drei Elfen mit großen Augen an und flüsterte schließlich die Frage, die ihm auf der Seele brannte: „Was… ist der Unterschied zwischen euch und den Feen?"

Tempus` Augen funkelten und er lächelte. „Feen und Elfen mögen sich ähneln, doch ihre Aufgabe ist unterschiedlich. Die Feen bewahren das Leichte, das Helle, sie schützen das Licht und die Freude des Waldes. Doch die Elfen wachen über die Dunkelheit und die tiefsten Geheimnisse. Sie verstehen das Dunkel und die Schatten, die sich in der Tiefe verbergen, wo die Zeit stillzustehen scheint."

Sylvia und Tobias lauschten, fasziniert von dieser neuen Erkenntnis. Die Elfen, die vor ihnen standen, verkörperten eine alte, geheimnisvolle Macht, die sie bisher nur erahnt hatten. Sie fühlten, dass sie an einem Ort waren, an dem die Zeit keine Bedeutung hatte – ein Ort, an dem die Geheimnisse des Waldes lebendig wurden und sich vor ihnen entfalteten.

„Ihr seid gekommen, um die Geheimnisse des Waldes zu erfahren," flüsterte Thalia und sah sie mit einem durchdringenden Blick an. „Doch bedenkt: Nur wer mit reinem Herzen lauscht, kann die wahre Weisheit des Waldes erkennen."

Nerida neigte ihren Kopf und deutete auf einen Pfad, der sich im Licht des Mondes abzeichnete. „Folgt uns," sagte sie leise und ihre Stimme war wie das leise Murmeln eines Baches. „Die Bäume flüstern und der Wald ist bereit, euch seine Geschichten zu erzählen."

Sylvia und Tobias folgten den Elfen, tiefer hinein in den magischen Wald.

Kapitel 4: die Prüfung der Elfen

Airi und die drei Elfen führten Sylvia und Tobias weiter, immer tiefer in den geheimnisvollen Wald hinein. Das Mondlicht fiel nur spärlich durch die dicht bewachsenen Baumwipfel und warf schimmernde, gespenstische Schatten auf den moosbedeckten Boden. Der Wald wirkte lebendig – lebendiger als jemals zuvor. Ein sanfter, kühler Wind streifte die Blätter und ein leises, kaum hörbares Flüstern schien aus allen Richtungen zu kommen.

Tobias drückte Sylvias Hand etwas fester. „Sylvia, hörst du das?" flüsterte er und sah sich nervös um. Das Rascheln der Blätter klang fast wie das Wispern von Stimmen, die sie nicht ganz verstehen konnten. Ein mulmiges Gefühl machte sich in seinem Bauch breit, als ob der Wald sie genau beobachtete und prüfte, ob sie wirklich bereit waren, seine Geheimnisse zu erfahren.

Sylvia spürte das Unbehagen ihres Bruders und legte ihm beruhigend die Hand auf den Arm, doch auch sie konnte das Flüstern deutlich hören. Es war, als ob die Bäume ihnen etwas mitteilen wollten – eine Warnung oder ein Rätsel, das darauf wartete, gelöst zu werden.

In diesem Moment spürte Sylvia eine sanfte Berührung auf ihrer Schulter. Sie drehte sich um und sah Airi, die Waldfee, die sie mit einem leisen Lächeln und einem wissenden Blick ansah. „Die Bäume sprechen zu jenen, die ihr Herz offen halten", sagte sie mit einer Stimme, die sanft und beruhigend wie ein Glockenspiel klang. „Sie kennen die Geheimnisse des Waldes und öffnen ihre Wege nur für die, die bereit sind, zu hören."

Doch bevor Sylvia oder Tobias etwas sagen konnten, huschte Tempus, der kleine Hase, plötzlich voran und verschwand zwischen den Bäumen, als hätte er etwas entdeckt. Die Geschwister blieben alleine zurück und das Gefühl der Leere breitete sich für einen Moment aus. Die Elfen, die sie bisher begleitet hatten, waren ebenfalls nicht mehr zu sehen. Ein kalter Schauer lief Tobias den Rücken hinunter. „Sylvia, wo sind sie hin?" fragte er leise und ein flüchtiger Hauch von Angst schwang in seiner Stimme mit.

„Ich weiß es nicht," flüsterte Sylvia zurück, doch ihre Stimme klang fest. Sie spürte eine leise Furcht in ihrem Herzen aufsteigen, doch sie wusste auch, dass sie stark bleiben musste – für Tobias und für sich selbst. „Vielleicht… vielleicht will der Wald uns prüfen, ob wir ihm vertrauen, auch wenn wir allein sind."

Das Rascheln der Blätter wurde lauter und das Flüstern klang nun deutlicher, fast wie leise Worte, die sie nur halb verstehen konnten. Es war, als würden die Bäume ihnen Fragen stellen oder sie auf eine Weise beobachten, die sie nicht ganz nachvollziehen konnten. Das mulmige Gefühl in ihnen wuchs. Doch gerade in diesem Moment, als die Dunkelheit des Waldes ihnen beängstigend nahe kam, dachte Sylvia an die Geschichten, die sie sich selbst immer wieder erzählt hatte. Geschichten, in denen Mut und Vertrauen der Schlüssel zu den Geheimnissen der Welt waren.

„Vielleicht will der Wald wissen, ob wir ihn wirklich verstehen wollen", murmelte sie, mehr zu sich selbst als zu Tobias. „Vielleicht… müssen wir einfach still bleiben und zuhören."

Tobias nickte zögerlich und folgte ihrer Aufforderung. Sie standen nun schweigend da und lauschten. Die Stimmen der Bäume, das leise Rauschen und Rascheln, wurden mit jedem

Moment klarer und das mulmige Gefühl wich allmählich einer ruhigen Faszination. Plötzlich konnten sie Worte erahnen – alte, vertraute Worte, die nur flüsterten und wisperten, doch voller Weisheit waren.

In diesem Moment kehrten die Elfen zurück, als ob sie nur darauf gewartet hätten, dass die Geschwister bereit waren, dem Wald zu vertrauen. Nerida, die Wassergeist-Elfe mit den schimmernden blauen Flügeln, trat als Erste hervor. Sie lächelte den beiden aufmunternd zu und sprach mit einer sanften, ruhigen Stimme. „Wir sind die Elfen und die Wächter des Waldes und wir erscheinen nur jenen, die mit offenen Herzen kommen. Der Wald wollte sicher sein, dass ihr bereit seid, seine Geheimnisse zu hören."

Lysandra, die Elfe mit den smaragdgrünen Flügeln, die voller Lebensfreude strahlte, lächelte verschmitzt. „Ihr habt bestanden. Nur wer Geduld und Vertrauen hat, wird die Magie des Waldes wirklich verstehen."

Thalia, die Elfe mit den violetten Flügeln und der Krone aus silbernen Blüten, trat näher und sprach mit einer Stimme, die sanft und beruhigend wie das Rauschen des Windes klang: „Ihr müsst wissen, dass die Bäume seit Jahrhunderten die Stimmen des Waldes bewahren. Ihre Worte sind voller Geschichten und voller Wissen. Sie kennen den Weg zu der verborgenen Höhle, die nur jenen erscheint, die die Wahrheit suchen."

Sylvia und Tobias fühlten sich geehrt und ergriffen von der Geduld und Weisheit der Elfen. Sie waren bereit, den Weg weiterzugehen, und die Anwesenheit der Elfen erfüllte sie mit neuem Mut und einer tiefen Freude, die die Dunkelheit des Waldes in ein sanftes Leuchten verwandelte.

Nerida trat vor und deutete mit ihren schimmernden Flügeln auf den Pfad vor ihnen. „Hört genau hin", sagte sie leise, „denn die Bäume zeigen euch den Weg zur Höhle nur, wenn ihr ihnen euer Vertrauen schenkt."

Der schmale Pfad vor ihnen schimmerte im Mondlicht, als ob die Bäume selbst ihnen den Weg freigeben wollten. Das Rascheln der Blätter begleitete sie und das Flüstern klang nun fast wie eine Melodie – beruhigend und voller Geheimnisse. Sylvia und Tobias folgten den Elfen in eine Welt voller Wunder, die sich vor ihnen wie ein lebendiges Gemälde entfaltete, voller Farben, die im Licht des Mondes glitzerten und leuchteten.

„Vergesst nie", flüsterte Thalia sanft, „dass die Magie des Waldes mit jenen ist, die den Mut haben, ihm zu begegnen. Die Sterne und der Mond werden euch leiten, so wie sie es seit Anbeginn der Zeit getan haben."

Und so wanderten sie weiter, tiefer in die Nacht hinein, mit dem Flüstern der Bäume und dem Licht der Sterne über ihnen.

Kapitel 5: Der geheimnisvolle Nox

Die Nacht legte sich wie ein sanfter Schleier um die beiden Kinder, während sie dem geheimen Pfad folgten, der sie tiefer in die Dunkelheit des Waldes führte. Zusammen mit ihren Begleitern bewegten sie sich leise vorwärts, begleitet von den flüsternden Stimmen der Bäume und dem gelegentlichen Rascheln der Blätter. Der Wald schien voller Geheimnisse, die nur darauf warteten, entdeckt zu werden.

Plötzlich blieb Sylvia stehen und legte eine Hand auf Tobias`
Arm. „Hast du das gehört?" flüsterte sie mit einem Hauch von
Spannung in der Stimme. Nicht weit von ihnen entfernt erklang
ein leises, schelmisches Kichern – kaum hörbar, aber voller
Schalk. Tobias sah sich um, die Augen weit geöffnet, während
das Kichern erneut ertönte, nun jedoch aus einer anderen
Richtung, als würde jemand um sie herumschleichen.

„Da ist jemand… aber wo?" murmelte Tobias, während er
versuchte, dem Ursprung des Geräusches auf die Spur zu
kommen. Plötzlich bemerkten sie einen flimmernden Schatten,
der sich zwischen den Bäumen bewegte, als würde er in das
Dunkel eintauchen und wieder herausgleiten. Das Kichern kam
näher und ein leises, wisperndes Flüstern hallte durch die Nacht,
wie das Zischen der Blätter im Wind.

„Zeig dich! Wer bist du?" rief Sylvia, mutiger als sie sich
tatsächlich fühlte. Die Dunkelheit um sie herum schien dichter zu
werden und für einen Moment war nur das leise Rascheln der
Blätter zu hören.

Da ertönte eine glockenklingende Stimme, die voller Neckerei
und Geheimnis war. „Ihr seid mutige, kleine Menschen… mutig
und neugierig. Aber um meinen Namen zu erfahren, müsst ihr mir
zeigen, dass ihr die Geheimnisse des Waldes wirklich verdient."

Sylvia und Tobias sahen sich verblüfft an, doch das
geheimnisvolle Kichern wurde lauter und schien sich von allen
Seiten um sie herum zu bewegen. „Wir werden dir zeigen, dass
wir es ernst meinen!", rief Sylvia entschlossen, ihre Stimme klang
fest, auch wenn sie tief in ihrem Inneren ein Kribbeln der
Aufregung spürte.

„Sehr gut", wisperte die Stimme. Der Schatten trat ein wenig näher an das Mondlicht heran. Das Wesen blieb noch immer unklar, doch sie konnten nun die Umrisse einer winzigen Gestalt erkennen, die sich im Licht schimmernd bewegte. „Um meinen Namen zu erfahren, müsst ihr mein Rätsel lösen. Hört gut zu!"

Der Schatten zog sich zurück, sodass nur noch die glühenden Augen im Dunkel leuchteten. Die Stimme erhob sich, sanft und spielerisch:

> *„Ich bin immer dort, wo du mich nicht suchst,*
> *und doch treu wie ein Stern, der für dich funkelt.*
> *Fange mich und ich husche davon,*
> *doch gehe langsam und du siehst mich schon.*
> *Was bin ich?"*

Sylvia und Tobias überlegten fieberhaft. Der Wald war nun völlig still, als ob sogar die Bäume auf ihre Antwort warteten. Tobias runzelte die Stirn und flüsterte: „Immer da, aber nur, wenn man ihn nicht sucht? Das klingt fast wie…"

„Ein Schatten!" rief Sylvia plötzlich. Ihre Augen leuchteten vor Freude über die Lösung. „Es ist ein Schatten – immer da, aber nur, wenn man nicht nach ihm jagt."

Ein schallendes Lachen erfüllte die Lichtung und der Schatten begann zu funkeln, als wäre er aus Sternenstaub gemacht worden. „Gut gemacht, kleine Menschen! Ihr habt das Rätsel gelöst. Mein Name ist Nox. Ich bin der Kobold des Waldes, Hüter der Schatten und Meister des Verborgenen."

Nun trat die Gestalt vollends ins Mondlicht. Sylvia und Tobias konnten ihn zum ersten Mal richtig sehen: einen kleinen Kobold mit einer spitz zulaufenden Nase, blitzenden Augen und einem schelmischen Grinsen. Sein Haar war wild und grünlich, als ob Moos und Baumrinde sich darin verflochten hätten und seine Kleidung schien aus Blättern und kleinen Zweigen gewoben.

„Es freut mich, euch kennenzulernen", sagte Nox und verneigte sich mit einer übertriebenen, höflichen Geste. „Nicht viele schaffen es so tief in den Wald und noch weniger lösen mein Rätsel. Ihr seid etwas ganz Besonderes, das weiß ich."

Sylvia und Tobias fühlten sich geschmeichelt. Das warme Lächeln, das ihnen Nox schenkte, ließ ihre Herzen vor Freude hüpfen. „Nox", begann Sylvia, „bist du hier, um uns zu begleiten?"

Nox grinste und hob seine kleinen Arme in die Luft, als ob er auf diese Frage gewartet hätte. „Oh, das bin ich – und ich verspreche euch, dass ich euer bester Begleiter bin, den ihr finden könnt! Der Wald ist voller Rätsel und ich weiß genau, wo sie sich verstecken. Mit mir an eurer Seite werdet ihr die Wunder des Waldes entdecken, die nur darauf warten, gesehen zu werden."

Die drei Elfen, die bisher schweigend zugesehen hatten, traten nun ebenfalls hervor. Nerida neigte den Kopf leicht, während sie Nox mit einem wissenden Lächeln betrachtete. „Nox ist ein Meister der Schatten und der kleinen Streiche", erklärte sie den Kindern. „Er mag es, sich zu verstecken und diejenigen zu prüfen, die durch den Wald wandern. Aber er ist auch ein Freund für jene, die sein Vertrauen gewinnen."

„Und jetzt habt ihr es gewonnen", sagte Lysandra, ihre smaragdgrünen Flügel funkelten im Mondlicht. „Nox wird euch helfen, den Pfad zur verborgenen Höhle zu finden. Doch ihr müsst ihm vertrauen – er hat seine eigenen Wege, euch die Magie des Waldes zu zeigen."

Nox klatschte begeistert in die Hände und grinste. „Oh, das wird ein Abenteuer, das ihr nie vergessen werdet!" Er drehte sich um und machte eine einladende Geste. „Folgt mir, wenn ihr den Mut dazu habt! Doch seid gewarnt – der Weg ist voller Geheimnisse und Schatten, die nur die Entschlossenen sehen können."

Sylvia und Tobias sahen sich an, ihre Augen voller Neugier und Spannung. Sie waren bereit, Nox zu folgen, in eine Welt voller Wunder und Geheimnisse, die ihnen die wahre Magie des Waldes zeigen würde. Hand in Hand traten sie auf den Pfad, angeführt von dem verschmitzten Kobold, dessen Kichern nun zu einem vertrauten Klang geworden war – dem Versprechen eines Abenteuers, das nur für sie bestimmt war.

Kapitel 6: Des Kobolds Rätsel

Der kleine Kobold lief flink und lautlos über das Moos, seine Füße schienen den Boden kaum zu berühren, während Sylvia und Tobias ihm in die geheimnisvolle Dunkelheit des Waldes folgten. Der Mond war ihr stiller Begleiter, sein silbernes Licht warf dunstige Schatten auf die knorrigen Baumstämme und verlieh dem Wald eine magische, fast unheimliche Atmosphäre. Die Geschwister, neugierig und voller Erwartung, konnten den geheimnisvollen Pfad kaum erwarten – und doch schien jeder Schritt tiefer in den Wald auch ihre Herzen schneller schlagen zu lassen.

Nach einer Weile hielt Nox abrupt an. Sylvia und Tobias blieben erstaunt stehen. Der Kobold drehte sich langsam zu ihnen um, sein Gesicht halb im Schatten verborgen. Ein eigenartiges Lächeln, weder ganz freundlich noch ganz finster, spielte um seine Lippen. Er ließ einen Moment verstreichen, bevor er schließlich sprach und seine Stimme klang sanft, aber mit einem Hauch von Ernst.

„Nun", sagte er und musterte sie mit seinen leuchtenden Augen, die wie zwei kleine Flammen in der Dunkelheit glitzerten, „ihr seid weit gekommen, kleine Menschenkinder. Doch die Geheimnisse des Waldes sind nicht für jeden bestimmt. Seid ihr sicher, dass ihr weitergehen wollt?" Seine Stimme senkte sich zu einem fast bedrohlichen Flüstern. „In der Dunkelheit lauern Dinge, die nur die Mutigsten zu erblicken wagen. Der Wald enthüllt seine Mysterien nur jenen, die furchtlos und bereit sind, sich auf die Dunkelheit einzulassen. Wenn ihr zögert, ist jetzt der richtige Zeitpunkt, umzukehren."

Tobias blickte zu Sylvia, seine Augen geweitet und voller Fragen. Ein leises Zittern überkam ihn und für einen Moment fragte er sich, ob sie wirklich so tief in die Nacht hineingehen sollten. Doch Sylvia legte beruhigend ihre Hand auf seine Schulter und sah entschlossen zu Nox hinunter. „Wir sind bereit", antwortete sie mutig. „Wir haben keine Angst vor der Dunkelheit – zumindest nicht, wenn wir zu zweit sind."

Nox hob die Brauen, als sei er überrascht von ihrer Antwort. „Nun gut", murmelte er, und ein schattenhaftes Lächeln blitzte kurz auf. „Ihr seid vielleicht mutiger, als ich dachte. Doch Mut allein wird euch nicht weiterbringen. Der Wald stellt Prüfungen – kleine Rätsel, die das Herz offenbaren. Wenn ihr wirklich würdig seid, dann beweist es."

Die beiden Kinder blickten einander an. Tobias schluckte, doch er nickte. „Was müssen wir tun?", fragte er mit leiser, aber entschlossener Stimme.

Nox klatschte in die Hände. Ein leises Kichern, wie das Rascheln von Blättern im Wind, entwich ihm. „Gut, gut! Ein kleiner Test. Ihr müsst mir sagen, was das Herz des Waldes am besten bewahrt." Er neigte seinen Kopf und seine Augen verengten sich schalkhaft. „Es ist nicht sichtbar und doch stets präsent. Es kann helfen, aber auch zerstören. Was ist es?"

Sylvia und Tobias runzelten die Stirn und überlegten fieberhaft. Das Herz des Waldes bewahren? Es klang wie ein Rätsel, doch je mehr sie darüber nachdachten, desto klarer wurde es ihnen.

„Liebe", flüsterte Sylvia schließlich. „Die Liebe zur Natur, zu den Geheimnissen und Wundern, die der Wald birgt."

Nox schwieg für einen Moment und sein Blick ruhte durchdringend und prüfend auf ihr. Dann nickte er langsam. „Liebe… Ein schönes Wort und durchaus weise gewählt. Doch es gibt noch eine Antwort. Etwas, das der Liebe oft folgt." Sein Lächeln wurde breiter und er blickte auf Tobias, als ob er darauf wartete, dass auch er einen Teil der Antwort gab.

„Respekt", sagte Tobias schließlich, seine Stimme leise, aber fest. „Den Wald zu respektieren, ihn so zu sehen, wie er wirklich ist, ohne ihm zu schaden."

Ein Funkeln blitzte in Nox und Augen und er nickte erneut, diesmal zufrieden. „Gut gesprochen, Kinder. Liebe und Respekt… Ihr habt bewiesen, dass ihr die Geheimnisse des Waldes zu würdigen wisst. Eure Herzen tragen das, was nötig ist, um den Pfad fortzusetzen."

Er trat zur Seite und vor ihnen schien sich ein neuer, schmaler Weg zu öffnen, als ob der Wald ihre Antwort gehört und anerkannt hätte. Sylvia und Tobias fühlten ein warmes Gefühl der Anerkennung und der Verbindung mit dem alten, geheimnisvollen Wald.

Doch Nox trat erneut in ihren Weg, sein Ausdruck diesmal unergründlich. „Eines noch", sagte er mit einer sanften, fast melancholischen Stimme. „Der Wald kann helfen und heilen, aber er kann auch verletzen. Achtet darauf, dass euer Herz stets im Gleichgewicht bleibt. Denn hier wird euch alles, was in euch lebt, wie ein Spiegel begegnen."

Die Geschwister nickten ehrfürchtig. Sie spürten, dass der Kobold Nox nicht nur ein frecher Begleiter war, sondern auch eine Art Wächter – ein Wesen, das sie prüfen und ihnen die tiefen Lektionen des Waldes beibringen würde.

Schließlich trat Nox einen Schritt zurück und deutete ihnen mit einer Geste an, ihm weiter zu folgen. Der Pfad vor ihnen war jetzt klarer und die Dunkelheit wirkte einladender, als hätte sie die Geschwister nun als Teil des Waldes akzeptiert. Der Mond über ihnen schien heller und die Sterne glitzerten wie winzige Augen, die neugierig auf ihr Abenteuer blickten.

Sie schritten weiter und in dieser Nacht fühlten sie, dass die Dunkelheit nicht nur etwas war, das man fürchten musste. Sondern es ist auch eine Welt voller verborgener Geheimnisse, in der Licht und Schatten Seite an Seite existieren. Und mit Nox als ihrem unerwarteten Begleiter waren sie bereit, die Wunder des Waldes zu entdecken, die ihnen bisher verborgen geblieben waren.

Kapitel 7: Das Geschenk einer Fee

Die Nacht schien still und sanft über die Bäume hinweg zu fließen, als Sylvia, Tobias und Nox durch das von Sternen durchwebte Dunkel wanderten. Der Mond leuchtete heller denn je und sein Licht spiegelte sich in Nox` funkelnden Augen. Er führte die Geschwister vorsichtig über einen verschlungenen Pfad, der mit Moos bewachsen war und von geheimnisvoll schimmernden Pilzen gesäumt wurde, die wie winzige, leuchtende Laternen im Dunkel glommen.

Plötzlich flackerte ein silbernes Licht über ihnen. Wieder erfüllte ein glockenhelles Lachen die Luft. Die Kinder hielten den Atem an, als vor ihnen die Sternenfee Lumira erschien – leuchtend und zart wie ein Sternenstrahl, ihre Flügel glitzerten in Farben, die an die Lichtspuren der Milchstraße erinnerten. Sie schwebte sanft vor ihnen und sah die Kinder mit einem warmen Lächeln an.

„Willkommen zurück, tapfere Abenteurer," sagte Lumira in einer Stimme, die wie ein sanfter Windhauch klang. „Heute Nacht erwartet euch ein besonderes Geschenk, ein Licht, das euch durch die Dunkelheit führen soll."

Mit einer einladenden Geste führte Lumira die Geschwister und Nox zu einer versteckten Wiese, auf der sich ein verzaubertes Schauspiel abspielte: Dutzende Feen in allen Farben des Regenbogens tanzten in der Luft, ihre glitzernden Flügel hinterließen leuchtende Spuren, die wie funkelnde Sterne in der Nacht aufleuchteten und immer wieder neue Formen in die Dunkelheit malten. Die Feen schienen das Versteckspiel zu lieben und kichernden die Geschwister zu sich heran, um sie in ihrem Tanz zu begleiten.

Tobias, angesteckt von der Fröhlichkeit der Feen, lachte auf und hüpfte zwischen ihnen umher. Die Feen schwebten kichernd um ihn herum und neckten ihn, bis plötzlich eine kleine Fee mit golden schimmernden Flügeln direkt vor ihm schwebte und ihn aufmerksam ansah. Sie hatte strahlende Augen und hielt in ihren winzigen Händen ein sanft leuchtendes Licht, das wie ein kleiner Stern in ihrer Handfläche schimmerte.

„Dieses Geschenk wartet auf dich, Tobias,“ flüsterte die Fee, aber ihre Stimme wurde ernster. „Doch bevor ich es dir überreiche, gibt es eine Bedingung. Um das Licht des 'Lum' zu erhalten, musst du einen Wunsch aufgeben – einen, den du im Herzen trägst.“

Tobias` Augen weiteten sich. Er sah überrascht zu seiner Schwester, die ihm einen ermutigenden Blick schenkte. Er konnte kaum glauben, dass die Feen ihn baten, einen Wunsch aufzugeben. Aber er spürte, dass dies eine Prüfung seines Herzens war. Er blickte kurz auf das leuchtende „Lum" und überlegte.

Nach einem Moment trat er mutig einen Schritt auf die Fee zu und flüsterte: „Ich wünsche mir, dass der Wald immer beschützt ist… und dass sein Licht niemals erlischt, egal was geschieht.“

Die kleine Fee mit den golden schimmernden Flügeln lächelte und nickte anerkennend. „Dein Wunsch zeigt, dass du das Herz und die Liebe des Waldes wirklich verstehst, Tobias. Du hast das Lum verdient.“ Sie legte das leuchtende Licht behutsam in seine Hände.

Ein leichtes Kribbeln durchlief Tobias und seine Augen leuchteten vor Staunen. „Lum...“, flüsterte er ehrfürchtig und strich vorsichtig mit den Fingern über das sanfte Leuchten des Lichts.

„Es ist ein sehr seltenes Geschenk und nicht jeder erhält ein Lum. Nur jene, die mit reinem Herzen reisen und den Wald mit Respekt betreten, dürfen es tragen. Dieses Lum wird dir den Weg zeigen, wenn du einmal nicht mehr weiterweißt. Es ist ein Licht, das die Dunkelheit versteht und dennoch das Gute sucht," erklärte die Fee mit einem ehrfurchtsvollen Lächeln.

Nox trat näher und schmunzelte. „Weißt du, Tobias," begann er, „die Feen nennen es Lum, weil das Wort eine besondere Bedeutung hat. Es bedeutet Licht und Wärme und enthält Erinnerungen an all die Nächte, die die Feen in diesem Wald verbracht haben. Ein Licht wie dieses zu tragen bedeutet, dass die Feen dich als Freund des Waldes sehen."

Tobias nickte, seine Augen glänzten voller Dankbarkeit. „Ich verspreche, dass ich es niemals verlieren werde," sagte er und spürte, wie eine tiefe Verbundenheit zwischen ihm, den Feen und dem Wald wuchs.

In diesem Moment meldete sich ein weiteres vertrautes Wesen zu Wort: Tobias` Stofflamm, Lizzy, das er die ganze Zeit unter dem Arm gehalten hatte, kicherte leise. „Tobias," flüsterte Lizzy, „nun bist du ein wahrer Lichtträger. Ich wusste, dass dieser Wald uns etwas ganz Besonderes schenken würde!"

Sylvia legte ihrem Bruder lächelnd die Hand auf die Schulter. „Jetzt wirst du uns den Weg leuchten, Tobias. Zusammen werden wir immer ein Licht haben, das uns führt."

Da erklang plötzlich das Flattern mächtiger Flügel und die Geschwister sahen auf. Aus der Tiefe des Waldes erschien eine majestätische Eule mit einem unglaublich großen, schimmernden Federkleid, das in einer Farbenpracht aus Grautönen und schimmernden Weißtönen leuchtete. Ihre Augen waren groß und weise und ihr Blick schien bis ins Innerste zu dringen.

„Seid gegrüßt, kleine Reisende," sprach die Eule mit einer tiefen, warmen Stimme. „Mein Name ist Minerva. Ich bin die Eule der Weisheit. Ich habe viele Monde und Jahreszeiten kommen und gehen sehen und die Geheimnisse dieses Waldes sind mir vertraut."

Sylvia und Tobias sahen Minerva ehrfürchtig an. Die Eule war größer als jede, die sie je zuvor gesehen hatten. Ihre Federn wirkten so alt wie der Wald selbst und ihre Augen schienen in das Herz des Waldes hineinzublicken. „Minerva," flüsterte Sylvia leise, „wie ein Name voller Bedeutung."

Die Eule nickte sanft. „Mein Name stammt aus uralten Zeiten, aus einer Welt, die längst vergangen ist. Er bedeutet Weisheit und die Gabe, Dinge zu sehen, die anderen verborgen bleiben. Die Menschen einst sahen mich als die Wächterin über Wissen und Geheimnisse und so ist es geblieben. Heute hüte ich die alten Weisheiten des Waldes, damit jene, die wirklich suchen, sie finden können."

Tobias strahlte die Eule an. „Und wir… sind wir diese Suchenden?"

„Vielleicht," antwortete Minerva mit einem geheimnisvollen Lächeln. „Manchmal führt die Neugier der Herzen euch an Orte, an denen ihr mehr über euch selbst erfahrt. Das Lum, das du nun in Händen hältst, Tobias, wird dir den Weg leuchten. Folge ihm, denn es zeigt dir den Pfad, der dich zu deinem eigenen Herzen führen kann."

Minerva ließ ihre Worte wirken und fügte dann in einem etwas ernsteren Ton hinzu: „Und wisset, dass euer Name nicht nur ein Wort ist. Er trägt eine Kraft, die durch die Zeiten hindurch über euch wacht und euch begleitet. Namen sind wie unsichtbare Fäden, die uns mit unserem tiefsten Wesen verbinden. Jeder Name hat eine Bedeutung, eine Aufgabe – oft eine, die verborgen ist, bis man sie selbst entdeckt."

Sylvia und Tobias sahen sie gebannt an. Die Eule sprach weiter, ihre Stimme nun beinahe wie ein leises Flüstern, als wollte sie ihnen ein uraltes Geheimnis anvertrauen. „Ein Name kann eine Art Schicksal sein, ein Versprechen, das in euch wächst und euch leitet. Wenn ihr euren Namen wahrhaft versteht, kann er euch zu eurer tiefsten Wahrheit führen und euch zeigen, was euer Herz zu vollbringen vermag."

„Also…" begann Sylvia leise, „Unser Name kann uns auch sagen, was wir hier tun sollen?"

„Ja, genau," sagte Minerva und lächelte sanft. „Namen tragen oft das Wesen oder die Bestimmung dessen, der sie trägt. Sie sind wie ein Leitfaden, der euch an euer wahres Selbst erinnert und euch auch daran erinnert, was eure Herzen und euer Geist in diesem Leben vollbringen können."

Tobias sah zu seiner Schwester und ein neues Verständnis glomm in seinen Augen. „Das heißt, jeder hat eine besondere Aufgabe, die vielleicht schon im Namen verborgen ist?"

„Ganz genau," sagte Minerva und blickte die beiden mit liebevoller Ernsthaftigkeit an. „Euer Name, eure Bestimmung und das, was ihr der Welt geben könnt – all das ist miteinander verwoben, wie die Fäden eines wunderschönen Musters. Wenn ihr euren Namen erkennt, beginnt ihr auch, euer wahres Selbst zu erkennen."

Die Worte ließen Sylvia und Tobias innehalten und über das nachdenken, was ihre eigenen Namen wohl in sich verbargen. Minervas Erklärung verlieh ihrer Reise eine neue Bedeutung und eröffnete ihnen einen tieferen Blick in die Magien, die sie umgaben.

Die Geschwister hörten gebannt den Worten der weisen Eule zu. Minerva entfaltete erneut ihre Flügel und das Mondlicht fing sich in ihren Federn, als sie sanft davonflog und leise in der Dunkelheit verschwand, so als wäre sie nie dort gewesen.

„Kommt," sagte Nox leise, „die Nacht ist noch jung und die Sterne über uns warten darauf, dass wir unsere Reise fortsetzen. Das Herz des Waldes liegt vor uns und wir sind auf dem besten Weg, ihm näher zu kommen."

Hand in Hand folgten Sylvia und Tobias dem Kobold tiefer in den geheimnisvollen Wald, während das sanfte Leuchten des Lum ihnen den Weg erhellte. Sie wussten, dass sie an einem Ort voller Magie und Weisheit waren und das Gefühl der Geborgenheit wuchs mit jedem Schritt, den sie weitergingen.

Kapitel 8: Das Portal zur verborgenen Höhle

Mit klopfendem Herzen folgten Sylvia und Tobias Nox und
Lumira immer tiefer in den stillen, silberdurchwirkten Wald
hinein. Die Umgebung wurde noch dichter und geheimnisvoller,
als ob die alten Bäume sie mit jeder Wurzel, jedem Zweig
umhüllten und prüfend beobachteten. Der Mond schien silbern
auf sie herab und an den Blättern und Moosflechten hingen
Tautropfen wie winzige, schimmernde Sterne.

Plötzlich hielt Nox an und deutete auf eine mächtige, knorrige
Eiche. Der Baum war so gewaltig und verwachsen, dass er fast
wie ein Tor zu einer anderen Welt wirkte. Ein Schimmer aus
Moos und Flechten formte eine Art Türe, deren Konturen kaum
zu erkennen waren – als hätte der Baum selbst dieses Tor tief in
seinem Inneren verborgen.

„Hier sind wir," flüsterte Lumira und schwebte sanft zum
Baumstamm. Sylvia und Tobias standen ehrfürchtig vor der
uralten Eiche, als plötzlich leises, flüsterndes Murmeln aus den
Tiefen des Waldes erklang. Die Stimmen klangen, als würden sie
von uralten Wesen stammen, die in den Schatten lebten und das
Tor seit Jahrhunderten bewachten.

„Wagt es nicht, einzutreten," flüsterte eine der Stimmen drohend,
so leise wie ein Luftzug, doch klar und deutlich vernehmbar.
Tobias und Sylvia hielten unwillkürlich den Atem an.

„Nur wer frei von Furcht ist," murmelte eine andere Stimme,
„wird nicht in der Dunkelheit verloren gehen."

Tobias fühlte, wie ein leises Zittern durch seinen Körper lief. Sein
Herz klopfte wild. Doch in diesem Moment spürte er die
beruhigende Wärme des Lum in seiner Hand und die Hand seiner

Schwester, die ihn sanft und fest zugleich hielt. Er erinnerte sich an das Versprechen, das er den Feen gegeben hatte. Er spürte, wie die Wärme des Lum ihm neuen Mut gab. Fest entschlossen drückte er das Lum an seine Brust und flüsterte leise: „Wir sind bereit."

Langsam hob Tobias das Lum vor sich und hielt es an das moosbedeckte Tor. Die Türe begann sacht zu leuchten, als ob sie die Berührung anerkannte. Die Rinde zitterte leicht und der Baum schien sie prüfend zu mustern, als ob er ihr Herz und ihre Absichten durch das Licht des Lum sehen könnte.

Nox trat an ihre Seite und sprach mit leiser, aber entschlossener Stimme:

„Altes Moos und Wurzelkraft,
Öffne dich für Mut und Macht.
Licht des Waldes, hell und rein,
Lass uns durch das Tor hinein."

Mit jedem Wort von Nox schien das Portal zu erwachen. Die Stimmen verstummten und stattdessen erfüllte ein tiefes Summen die Luft, so als würde der Baum selbst sein uraltes Siegel lösen. Die Moosflechten begannen in einem tiefen, geheimnisvollen Grün zu leuchten und ein sanfter Wind wehte über die Lichtung, als ob der Wald seinen Segen gab. Sylvia und Tobias hielten sich an den Händen und ein Kribbeln der Magie durchströmte ihre beiden Körper, als das Portal sich langsam öffnete.

Hinter dem Portal erstreckte sich ein schimmernder Weg, gewebt aus Licht und Schatten, der sie in eine Höhle führte, deren Inneres in einem sanften, goldenen Glühen leuchtete. Das Flüstern der

Stimmen war nun verklungen. Eine beruhigende Stille lag in der Luft, wie der Anfang eines neuen Kapitels, eines Versprechens.

Tempus, der schlaue Hase, trat an ihre Seite und blickte sie mit seinen weisen Augen an. „Nun, da ihr das Portal durchquert habt, liegt das Herz des Waldes vor euch. Dies ist ein Ort der Wunder, aber auch der Prüfungen. Die Sterne über euch und die Wurzeln des Waldes unter euch werden eure Begleiter sein."

Sylvia und Tobias sahen sich einen Moment an. Sie spürten, wie die Macht des Ortes durch ihre Herzen floss und lächelten. Sie hatten das Gefühl, dass das Portal ihnen nicht nur einen neuen Ort eröffnete, sondern auch das Vertrauen in ihre eigenen Herzen bestärkte.

„Kommt," sagte Nox leise, „das Geheimnis des Waldes wartet auf uns. Es ist Zeit, das Herz dieses wunderbaren Ortes zu entdecken."

Hand in Hand traten sie durch das Portal und verschwanden im sanften Glühen der Höhle, begleitet vom leisen Summen des Waldes, der sie willkommen hieß.

Kapitel 9: Die Entdeckung der Höhle

Als Sylvia und Tobias das Portal durchschritten, empfing sie sofort eine kühle, feuchte Dunkelheit, die sich wie ein schwerer Schleier um sie legte. Die Stille war so tief und dicht, dass jedes noch so kleine Geräusch wie ein leises Echo nachhallte. Die Luft war erfüllt von einem Hauch fremder, unsichtbarer Präsenz, als ob die Höhle selbst sie beobachten und prüfen würde. Tobias hielt das leuchtende „Lum" fest in der Hand. Das sanfte, warme Licht legte sich schützend um sie und warf zarte, flackernde Schatten auf die Wände, wo winzige Kristalle im Stein matt schimmerten, als hätten sie seit Jahrhunderten auf dieses Licht gewartet.

„Sieh nur, Tobias," flüsterte Sylvia ehrfürchtig und trat vorsichtig näher. „Es ist, als hätte uns die Höhle schon erwartet." Ihre Stimme hallte in der Dunkelheit und eine seltsame Mischung aus Aufregung und Unbehagen breitete sich in ihrem Bauch aus. Sie wusste, dass sie an einem uralten, besonderen Ort waren – einem Ort, an dem Geheimnisse verborgen lagen.

Nox, der sie bis hierher begleitet hatte, musterte die Höhlenwände aufmerksam. Seine Augen funkelten im flackernden Licht des „Lum". „Dies ist kein gewöhnlicher Ort," murmelte er. „Hier ruhen Geschichten, älter als die Sterne am Himmel. Sie offenbaren sich nur denen, die mit einem wachen und mutigen Herzen kommen."

Gerade als Tobias einen Schritt nach vorne machte, durchbrach ein leises Rascheln die Stille der Höhle. Es klang wie das leise Scharren kleiner Füße auf dem kalten, glatten Stein. Tobias` Herz klopfte heftig und er hob instinktiv das „Lum", um die Dunkelheit zu durchdringen. Zunächst war da nur das Flackern des Lichts auf den Felswänden, doch dann… regte sich etwas im Schatten.

Plötzlich blitzten kleine Augenpaare auf, die das Licht des „Lum" schüchtern reflektierten. Es waren winzige, scheue Gestalten, die sich in den Schatten versteckt hielten und die Besucher vorsichtig beobachteten. Das leise Rascheln wurde lauter. Aus den Ritzen und Nischen der Höhle kamen zögerlich kleine Wesen hervor.

Eine Spinne mit langen, gespreizten Beinen scharrte langsam über den Felsen. Ihre schwarzen Augen funkelten und wirkten seltsam kalt und ihre dunklen Beine bewegten sich so behände, dass sie wie Schatten über das Gestein glitt. Direkt hinter ihr kroch ein Maulwurf hervor. Sein weiches, glänzendes Fell war grau wie die Steine um ihn herum und seine kleinen Knopfaugen blinzelten neugierig und misstrauisch zugleich.

„Wer wagt es, hierherzukommen?" zischte die Spinne und ihre Stimme klang wie das scharrende Rutschen trockener Blätter über Stein. Ihre Augen funkelten abwartend, während der Maulwurf hinter ihr schüchtern näher rückte, um die Besucher besser zu erkennen.

Tobias schluckte und seine Hand umklammerte das „Lum" noch fester, als er den Höhlenbewohnern in die Augen sah. „Wir suchen… das Herz des Waldes," sagte er mit fester Stimme, obwohl sein Herz immer noch rasend schnell schlug. Das Licht des „Lum" schien den Wesen Mut zu machen, denn die Spinne neigte ihren Kopf leicht zur Seite und ein kühles, nachdenkliches Funkeln trat in ihre Augen.

„Ihr leuchtet so hell," murmelte die Spinne nachdenklich und ihre Stimme klang nun weniger bedrohlich. „Wir sind an die Dunkelheit gewöhnt, doch euer Licht ist sanft und… fremd."

„Ja, das ist das Lum," sagte Tobias leise und hielt es etwas höher, sodass das warme Licht den Raum noch ein wenig weiter erhellte. Die Augen der Spinne folgten dem Lichtstrahl und glitzerten wie schwarze Juwelen. Das Licht fiel sanft auf ihr gesprenkeltes Fell, das für einen Moment in feinem, silbrigen Glanz schimmerte.

Eine kleine Maus trat nun mutig hervor, ihre winzigen Ohren zuckten aufgeregt. Ihre großen Augen sahen die Kinder neugierig an. „Wir haben so lange niemanden mehr gesehen," piepste sie leise und machte einen kleinen Schritt nach vorne. „Dürfen wir euch auf eurem Weg begleiten? Ihr scheint etwas Besonderes zu suchen…"

Sylvia und Tobias sahen sich an und ein warmes Gefühl der Dankbarkeit erfüllte sie. „Wir würden uns sehr freuen, wenn ihr mitkommt," sagte Sylvia lächelnd, ihre Augen strahlten voller Freude über das plötzliche Interesse der Höhlenbewohner.

Gerade als sie weitergehen wollten, vernahmen sie hinter sich ein sanftes Rascheln und das kaum hörbare Geräusch von Flügelschlägen. Sie hielten inne und blickten auf. Da, hoch oben auf einem Vorsprung im Felsen, leuchteten zwei vertraute, goldene Augen ihnen entgegen.

„Minerva," murmelte Nox ehrfürchtig, als er die Gestalt der großen, majestätischen Eule erkannte. Lautlos wie ein Schatten glitt sie herab und setzte sich mit einem sanften Flügelschlag auf einen Stein. Ihr Gefieder schimmerte purpur im Licht des „Lum" und ihre weiten Augen wirkten wie Tore zu einer anderen Welt.

„Ich wollte nur sicherstellen, dass unsere mutigen Reisenden sicher angekommen sind," sagte Minerva ruhig und würdevoll. Ihre Stimme klang tief und weise und schien die Zeit selbst zu durchdringen. Sie musterte die kleine Gruppe mit einem Blick, der zugleich sanft und durchdringend war.

Nox neigte respektvoll den Kopf und sprach mit leiser Stimme: „Die Kinder tragen das Lum mit reinem Herzen und gehen mit Bedacht, Minerva. Sie sind bereit, die Geheimnisse der Höhle zu erforschen."

Minerva nickte langsam, dann wandte sie sich direkt an Sylvia und Tobias. Ihre goldenen Augen blitzten mit einem sanften Lächeln auf und sie sprach mit einer eindringlichen, ruhigen

Stimme: „Denkt daran, dass das, was euch hier begegnet, nicht nur im Licht zu finden ist. Die Dunkelheit birgt Geheimnisse, die nur jene verstehen, die mit einem offenen Herzen kommen."

Sylvia und Tobias sahen die Eule ehrfürchtig an. Sie schien die Höhle mit einer majestätischen Ruhe zu erfüllen und sogar die kleinen Höhlenbewohner, die zuvor vorsichtig in den Ritzen verweilt hatten, traten nun zögerlich hervor. Der Maulwurf, die Spinne und die kleine Maus rückten näher, ihre Blicke voller Staunen und Achtung vor der weisen Wächterin.

„Wir werden daran denken, Minerva," versprach Sylvia leise und drückte Tobias` Hand beruhigend. „Wir wissen, dass die Dunkelheit in dieser Höhle nicht nur ein Geheimnis birgt, sondern auch Antworten, die wir finden wollen."

Die Eule hob leicht ihre Schwingen, als würde sie Sylvias Worte segnen und ihre Augen leuchteten warm. Dann breitete sie sanft die Flügel aus und glitt zurück in die Dunkelheit, wo sie in einer geschmeidigen Bewegung lautlos verschwand, als wäre sie nie da gewesen.

Nox, der das beeindruckte Schweigen der Kinder bemerkt hatte, nickte ihnen aufmunternd zu. „Minerva hat uns ihren Segen gegeben," sagte er ruhig, „und nun ist es an der Zeit, das Herz der Höhle zu erkunden."

Gemeinsam traten Sylvia, Tobias und ihre neuen Freunde noch tiefer in die Höhle ein. Das „Lum" in Tobias und Hand leuchtete ihnen den Weg und in ihren Herzen wuchs das Wissen, dass dieser Ort voller Magie und Weisheit war – ein Ort, der darauf wartete, ihnen seine tiefsten Geheimnisse anzuvertrauen.

Kapitel 10: Mut und Zauberglaube

Die Dunkelheit im Inneren der Höhle hatte eine Dichte und Lebendigkeit, die Sylvia und Tobias wie eine unbekannte Kraft umgab. In dieser Dunkelheit blitzten die Kristalle an den Höhlenwänden in einem gedämpften Licht, das in zarten Blau-, Grün- und Silbertönen schimmerte, wie ein geheimnisvoller Sternenhimmel, tief verborgen im Herzen des Gesteins. Die beiden Geschwister bewegten sich vorsichtig vorwärts und das warme Schimmern des „Lum" in Tobias und Hand schuf eine schützende Blase aus goldenem Licht um sie herum.

„Siehst du das, Tobias?" Sylvia flüsterte ehrfürchtig, ihre Augen verfolgten das Funkeln der Kristalle, das sich mit jedem Schritt mehr entfaltete. „Es ist, als ob die Höhle für uns leuchtet, uns den Weg zeigt." Doch die Worte blieben kaum ausgesprochen, als plötzlich eine unheimliche Stille über sie hereinbrach.

Das Flüstern der Felsen und das Rascheln unsichtbarer Wesenheiten verstummte. Die Luft wurde schwer und kalt. Ein leises, schabendes Geräusch erfüllte die Höhle, als ob etwas Unbekanntes aus der Dunkelheit auf sie zukäme. Tobias hob das „Lum" und ließ das Licht über die Wände gleiten, das nun dunkle Schatten warf, die sich bedrohlich zu bewegen schienen.

„Was… was war das?" Tobias` Stimme war kaum mehr als ein Flüstern. Sylvia drückte seine Hand fester. Gemeinsam traten sie einen Schritt zurück. Ein metallisches Klingeln ertönte aus der Dunkelheit, gefolgt von einem tiefen, langsamen Knirschen – und dann, wie aus dem Nichts, schälte sich eine Gestalt aus dem Fels.

Die steinerne Figur war gewaltig und schien mit der Höhle selbst verwachsen zu sein. Ihr massiver Körper bestand aus dunklem Gestein und ihr Gesicht, das einer Maske glich, war ohne

Ausdruck. In ihren leeren Augenhöhlen lag jedoch ein geheimnisvolles Leuchten, als ob ein uralter Funke in ihnen lebte.

„Das Licht, das ihr in euch tragt, wird euch prüfen," ertönte eine tiefe, uralte Stimme, die durch die Höhle hallte. Es war, als würde die Dunkelheit selbst sprechen. „Seid ihr bereit, den Wald mit der Wahrheit eurer Herzen zu betreten? Was auch immer ihr fürchtet, wird euch in der Dunkelheit begegnen."

Sylvia und Tobias standen wie erstarrt, die Worte des Wächters ließen einen kalten Schauer durch ihre Herzen laufen. Es fühlte sich an, als ob die Höhle selbst ihre Zweifel und Ängste sehen konnte – all die Dinge, die sie sich selbst noch nie zuzugeben gewagt hatten. Tobias spürte, wie sein Herz schneller schlug. Für einen Moment hatte er versucht, sich umzudrehen und zu fliehen.

Doch dann, wie als Antwort auf seine Furcht, begann das „Lum" in seiner Hand heller zu leuchten. Ein warmes Kribbeln breitete sich in seinem Arm aus und erfüllte ihn mit einer Kraft, die ihm neuen Mut verlieh.

„Wir… wir sind hier, um das Geheimnis des Waldes zu entdecken," sagte Sylvia, ihre Stimme fest, doch leise. „Wir kommen mit offenem Herzen und voller Mut."

Die steinerne Gestalt blieb stumm, doch ein weiteres Ächzen erfüllte die Luft. Am Boden krochen Schatten heran, die sich wie dicke, wabernde Wurzeln ausbreiteten und eine zweite Gestalt erhob sich aus der Tiefe. Diese war schlanker und von Flechten umwoben, die sich wie lebendige Arme um ihren Körper wandten.

„Nur jene, die den Mut finden, in die Dunkelheit zu blicken und das Licht in sich zu erkennen, dürfen weitergehen," sprach die zweite Gestalt, ihre Stimme war leise und eindringlich, wie das Flüstern der Nacht. Tobias fühlte eine Mischung aus Furcht und Faszination. Er drückte das „Lum" fester in seine Handfläche und hob es, sodass der warme Schein die Dunkelheit durchdrang und die Schatten der Wächter länger und tiefer werden ließ.

Die beiden steinernen Wächter senkten ihre gesichtslosen Augen auf Tobias und Sylvia. Ihre starren Blicke schienen in die Herzen der Kinder zu blicken, als ob sie ihre tiefsten Geheimnisse und Zweifel ergründen wollten. Dann sprach die erste Gestalt erneut, seine Stimme war jetzt ruhiger und sanfter, wie das Rauschen eines fernen Stroms:

„Glaubt ihr an das Licht in euch? Seid ihr bereit, euch selbst zu sehen?"

Ein innerer Kampf entbrannte in Tobias` Herz. Er dachte an all die Male, in denen er gezweifelt und sich klein gefühlt hatte. Doch als er das „Lum" betrachtete, fühlte er plötzlich eine Wärme in sich aufsteigen, die größer war als seine Angst. Er nickte mutig und sprach leise, doch fest: „Ja! Ich glaube daran."

Ein sanftes Lächeln schien in den leeren Augen der Wächter aufzuleuchten und die dunklen Wurzeln, die sich um ihre Füße geschlungen hatten, lösten sich langsam. Die steinerne Figur neigte leicht den Kopf und sprach mit tiefer Stimme: „Dann geht weiter. Denn der wahre Mut liegt nicht darin, furchtlos zu sein, sondern darin, trotz der Furcht den nächsten Schritt zu wagen."

Lumira, die Sternenfee, schwebte sanft neben Tobias und legte ihre funkelnde Hand auf seine Schulter. „Das Licht, das du trägst, Tobias, wird dir den Weg weisen. Und du, Sylvia, trägst ebenfalls ein Licht, das stärker ist, als du denkst." Sylvia spürte, wie ihre

Furcht schwand und ein warmes Gefühl von Sicherheit sich breitmachte.

Die Kinder traten nun vorsichtig einen Schritt weiter. Als sie Hand in Hand an den steinernen Wächtern vorbei gingen, war es, als würden diese in die Felsen zurückkehren und sich wieder mit der Höhlenwand unsichtbar vereinten. Das Knirschen und Ächzen verklang und die Dunkelheit wurde wieder still, als ob die beiden die Prüfung bestanden hatten. Noch einmal blickten sie zurück und sahen, wie die Schatten der Wächter mit den Wänden verschmolzen, als wären diese nie dort gewesen. Ein leises Echo hallte in der Stille der Höhle wider, ein leiser Abschied, wie ein Segen, der ihnen auf ihrem Weg Kraft und Schutz versprach.

Mit neuer Zuversicht und den Worten der Wächter im Herzen stiegen Sylvia und Tobias weiter hinab in die Höhle, das „Lum" schien nun heller denn je und erfüllte sie mit einer Kraft, die all ihre Furcht verdrängte.

Kapitel 11: Kristalle und Schattenlichter

Im sanften Schein des „Lum" bemerkten Sylvia und Tobias plötzlich eine Bewegung im Halbdunkel der Höhle. Vorsichtig wagten sie sich ein Stück vor, als sie das leise Kratzen winziger Schritte hörten. Sylvia spürte, wie ihr Herz schneller schlug. Sie drückte Tobias` Hand fester. Die Spannung war beinahe unerträglich. Dann aus dem Schatten hervortretend, schob sich das erste Wesen ins Licht.

Es war ein Käfer, doch nicht irgendeiner. Im Schein des „Lum" glitzerte er in tiefem Blau und Bronze. Auf seiner Nase trug er ein prächtiges Geweih – es war ein majestätischer Hirschkäfer, viel größer, als die beiden Kinder je einen Käfer gesehen hatten. Dann kam ein weiterer hinzu und noch einer, bis schließlich sieben stattliche Hirschkäfer vor ihnen standen. Sie richteten sich auf und schüttelten ihre mächtigen Geweihe, als wollten sie die beiden willkommen heißen.

Sylvia und Tobias hielten den Atem an. Die Hirschkäfer wirkten fast wie eine Ehrenwache, eine stumme Begrüßung durch die Wächter der Höhle.

„Seht, wir haben Gäste," sagte einer der Hirschkäfer und senkte sein Geweih leicht, als ob er eine Verbeugung machen wollte. Seine Stimme klang leise und tief, wie das Rumpeln von alten Bäumen.

„Ja, Gäste mit einem leuchtenden Herzen," murmelte ein anderer und seine Facettenaugen musterten die Kinder neugierig. „Ihr tragt das ‚Lum' und das Licht hat euch hierher geführt."

Sylvia lächelte schüchtern und nickte. „Das ‚Lum' ist unser Licht. Es zeigt uns den Weg und gibt uns Mut," sagte sie leise, doch ihre Stimme klang voller Ehrfurcht in der weiten Höhle.

Die sieben Käfer nickten anerkennend und schoben sich ein wenig beiseite, sodass sie einen Pfad durch die Dunkelheit öffneten. Einer von ihnen, der größte Hirschkäfer mit einem Geweih, das fast bis an seinen Rücken reichte, trat näher an die Geschwister heran. „Euer Weg führt tiefer in die Höhle. Und es wäre uns eine Ehre, euch den restlichen Weg zur Haupthöhle zu tragen."

Tobias sah die Käfer mit großen Augen an, erst ungläubig, dann mit wachsender Begeisterung. „Wirklich? Dürfen wir auf euren Rücken reiten?"

Der große Hirschkäfer nickte und seine Mundwerkzeuge zuckten in einem Lächeln. „Steigt nur auf kleine Reisende. Wir führen euch sicher zur Haupthöhle, wo das Herz der Magie schlägt."

Mit einem strahlenden Lächeln und einem Funkeln der Aufregung in den Augen kletterten Sylvia und Tobias vorsichtig auf die breiten Rücken der Hirschkäfer. Sie saßen fest zwischen den gewölbten Kanten der Rückenpanzer, während das imposante, verzweigte Geweih der Käfer sich über ihren Köpfen wölbte. Es wirkte wie ein natürlicher Schutzschild, der sie sicher auf ihrer Reise durch den Wald begleitete und sie vor den Ästen und Gestrüpp am Boden abschirmte.

Langsam begannen die Käfer, sich zu bewegen, und ihre Schritte waren gleichmäßig und ruhig, als ob sie genau wüssten, wie wertvoll ihre Fracht war. Der Boden der Höhle hallte leicht unter ihren festen Tritten wider und das Flüstern der Kristallwände schien den Rhythmus der Schritte zu begleiten. Es war ein sanftes

Rauschen, das fast wie ein Lied klang, als ob die Höhle selbst sie ermutigen wollte, tiefer in ihr Geheimnis einzudringen.

In diesem Moment hörten sie ein leises Rascheln über ihnen. Sie blickten auf und sahen, wie die alte Eule Minerva über ihnen in die Höhle segelte, ihre mächtigen Schwingen weit ausgebreitet. Sie flog so lautlos, dass es wirkte, als gleite ein Schatten durch das sanfte Licht des „Lum". Mit ihren durchdringenden Augen betrachtete sie die kleine Gruppe aufmerksam und dann ließ sie sich auf einem Felsvorsprung nieder.

„Alles ist wohlauf, wie ich sehe," sagte Minerva mit ihrer weisen Stimme und nickte den Hirschkäfern anerkennend zu. Sie sprach, als ob sie sich schon seit Jahrhunderten mit den Wächtern der Höhle verständigte.

„Ja, Minerva," antwortete der größte der Hirschkäfer respektvoll. „Die Kinder tragen das Licht des ‚Lum' und sie haben die Herzen der Mutigen."

Minerva betrachtete die Geschwister liebevoll und sprach dann zu ihnen. „Ihr beide habt wahrlich Mut, in die Tiefen der Höhle vorzudringen. Vergesst nicht, dass das Licht des ‚Lum' euch führen wird – doch auch die Stille und die Dunkelheit haben ihre Geheimnisse. Lernt, sie zu respektieren und sie werden euch sicher geleiten."

Die Hirschkäfer nickten nur. Dann setzten sie ihren Marsch fort, die Kinder sicher auf ihren Rücken balancierend. Tobias konnte das Schwingen von Minervas Flügeln hinter ihnen spüren, als sie sie lautlos begleitete. Das sanfte, pulsierende Leuchten der Kristalle an den Höhlenwänden schien mit jedem Schritt der Käfer kräftiger zu werden und die Schatten formten sich immer wieder neu, als ob die Höhle lebendig war und das Geheimnis des Waldes in einer verborgenen Sprache zu den Kindern flüsterte.

Und so ritten Sylvia und Tobias, von der uralten Weisheit der Tiere begleitet, immer tiefer in die Höhle, ihrem eigenen Abenteuer entgegen – und dem Herzen des Waldes, das dort verborgen lag und sie mit jeder Schattengestalt ein wenig mehr willkommen hieß.

Kapitel 12: Der Wächter der Höhle

Die Gruppe der majestätischen Hirschkäfer, mit Sylvia und Tobias sicher auf ihren Rücken sitzend, bewegte sich behutsam weiter durch die mystischen Tunnel der Höhle. Lumira schwebte in sanftem Glanz neben ihnen, während der kleine Kobold Nox auf dem Geweih des letzten Hirschkäfers ritt, seine Beine über die Seite baumeln ließ und mit einem kecken Grinsen das Abenteuer genoss.

Als sie schließlich die weite, lichtdurchflutete Haupthöhle erreichten, ließ sich Nox geschickt vom Geweih des Käfers herabgleiten und landete elegant auf dem Boden. Er klopfte dem Käfer fröhlich auf den Panzer und grinste dabei breit. „So ein Geweih hat schon seine Vorteile – für einen kleinen Kerl wie mich ist das ja fast wie ein Thron! Wenn ich etwas größer wäre, würde ich glatt Seefahrer auf einem Hirschkäferschiff werden!"

Sylvia und Tobias lachten leise und auch Lumira schüttelte mit einem Lächeln den Kopf. Die Hirschkäfer summten zufrieden und richteten ihre Geweihe stolz in die Höhe, als hätten sie Nox und kecke Worte genau verstanden und wären damit einverstanden, ihm für die Reise ihre Dienste zu erweisen.

Die Schritte der Gruppe waren kaum zu hören, nur das leichte Klappern der Käferpanzer und das leise Rauschen von Lumiras Flügeln begleiteten sie, als sie vorwärtsgingen und in die geheimnisvolle Stille der Haupthöhle eintraten. Die Luft war kühler hier und dieses Licht der Kristalle, welches von den Wänden reflektiert wurde, schimmerte in sanften, grünlichen und blauen Tönen. Es war, als ob das Herz der Höhle sie mit einem sanften Atemzug begrüßte, das Gestein um sie herum lebendig und voller uralter Geschichten.

Plötzlich regte sich ein Schatten in der Tiefe. Eine große, majestätische Gestalt löste sich leise aus dem Dunkel. Sylvia und Tobias hielten den Atem an und starrten auf das Wesen, das nun vor ihnen stand – ein Fuchs, doch kein gewöhnlicher. Seine Erscheinung war von einer stillen Macht umgeben, sein Fell schimmerte im feinen Glanz der Kristalle wie aus Bernstein und Kupfer gewebt, fast wie ein leuchtendes Feuer, das lebendig geworden war.

Die Augen des Fuchses waren tiefgolden, fast wie zwei kleine Sonnen, die in die Dunkelheit schienen und die Kinder durchdrangen. Diese Augen waren voller Weisheit und Güte und die beiden Geschwister spürten sofort, dass dieser Fuchs kein gewöhnliches Tier war. Sein Blick verriet eine uralte Weisheit und eine Ruhe, die nur Wesen besaßen, die schon viele Jahrhunderte das Geheimnis der Höhle hüteten. Er war von beeindruckender Größe, seine Bewegungen sanft und geschmeidig und dennoch strahlte jede seiner Gesten eine unverkennbare Kraft aus.

„Willkommen," sprach der Fuchs mit einer tiefen, klaren Stimme, die wie ein alter Gesang in der Höhle widerhallte. „Ich bin

Nyxian, der Wächter der Höhle, Beschützer des Waldes und seiner Geheimnisse.

Sylvia und Tobias waren fasziniert von diesem Namen – *Nyxian* – der in ihrer Vorstellung Bilder von Sternen und verborgenen Geheimnissen hervorrief. Sie spürten, dass dieser Fuchs eine besondere Rolle im Wald innehatte und dass sein Name keine Zufälligkeit war. Nyxian bedeutet im alten Walddialekt „Licht in der Dunkelheit" oder „Der, der Wege offenbart". Es war eine alte, fast vergessene Sprache, die nur noch in den tiefen Wäldern lebte und die Wesen wie Nyxian zum Sprechen brachten. Er war kein gewöhnlicher Fuchs, sondern ein Wächter, der seit Äonen über die Höhle und ihre Mysterien wachte.

Nyxian begann zu sprechen und seine Stimme war wie ein leises Rauschen, das an das Flüstern der Bäume erinnerte: „Seit unzähligen Jahren wache ich hier, denn der Wald ist ein Ort voller Magie und Wunder. Ich bin der Vermittler zwischen der Dunkelheit und dem Licht, der Führer jener, die mit reinem Herzen kommen, um die Geheimnisse des Waldes zu entdecken." Seine Augen musterten die Kinder. Es schien, als könnte er tief in ihre Herzen blicken, in ihre Gedanken und in alles, was sie erlebt hatten. „Nur wer ohne Gier, ohne Furcht und mit einem offenen Geist kommt, darf die Schätze des Waldes erblicken. Deshalb wähle ich jeden, der weitergehen möchte."

Die Kinder spürten eine Mischung aus Ehrfurcht und Dankbarkeit. Sie hatten das Gefühl, vor einem uralten, fast mythologischen Wesen zu stehen, dessen Bedeutung weit über ihre Vorstellungskraft hinausging. Sie sahen den Fuchs an, der die Natur selbst in sich verkörperte – das Licht und den Schatten, den Kreislauf von Leben und Tod, den Wandel und das Bewahren.

Sylvia war die Erste, die ihre Stimme wiederfand und mit einem leichten Zittern im Ton sagte: „Wir sind hier, um zu lernen und zu verstehen. Wir wollen das Herz des Waldes sehen, aber nicht, um etwas zu nehmen oder zu verändern. Wir möchten nur bewundern und verstehen."

Nyxian schien zufrieden mit ihrer Antwort. Seine Augen leuchteten noch heller auf. „In der alten Sage der Wälder bin ich der Hüter des Verborgenen, der Fuchs, der zwischen den Welten wandert," erklärte er mit sanfter Stimme. „Der Fuchs ist im Wald ein Bote, ein Wesen, das sowohl das Licht als auch die Dunkelheit versteht. Wir Füchse sind die Reisenden der Dämmerung, jene, die Botschaften überbringen und das Gleichgewicht wahren. Es ist meine Aufgabe, die Grenzen zu bewahren und jene zu schützen, die mit Reinheit und Ehrlichkeit kommen."

In diesem Moment schien Nyxian größer zu werden. Sein Blick durchdrang die Dunkelheit der Höhle, als ob er über die Jahrtausende hinwegsehen könnte. Er erzählte ihnen von der uralten Geschichte seines Volkes, den Füchsen des Waldes, die schon immer eine besondere Rolle innehatten. Sie waren die Hüter der Übergänge, die den Menschen und anderen Waldbewohnern halfen, das Gleichgewicht zu verstehen und die Wächter jener Orte, an denen das Geheimnisvolle und das Alltägliche ineinanderflossen. Die Füchse waren Brückenbauer, Grenzgänger, Wächter der Wege und des Wissens.

„Jeder Schritt, den ihr weitergeht," sagte Nyxian schließlich, „ist ein Schritt, der von euren Herzen gelenkt wird. Mögt ihr das Licht bewahren, das euch hierher geführt hat." Dann trat er zur Seite. Ein neuer Weg in der Höhle öffnete sich – ein Pfad, der im sanften Glanz der Kristalle erleuchtete.

Im sanften, schimmernden Licht der Kristalle blickten Sylvia und Tobias noch einmal zu Nyxian. Sie verneigten sich leicht vor ihm, aus Respekt und Dankbarkeit für die Einsichten, die er ihnen gegeben hatte. Es war, als ob der Fuchs sie selbst noch ein letztes Mal prüfte und dann ein sanftes Nicken andeutete, welches sie wissen ließ, dass sie willkommen waren, die Geheimnisse des Waldes weiter zu erforschen. So machten sie sich, begleitet von der Weisheit des Wächters und dem Glanz der Kristalle, auf den Weg, tiefer in die Geheimnisse des Waldes und dieser Höhle vorzudringen.

Kapitel 13: Das Spiel der Elfenlichter

Als Sylvia und Tobias tiefer in die Höhle gingen, durchbrach ein zartes, tanzendes Leuchten die Dunkelheit. Erst war es nur ein kleines Funkeln am Rande ihres Blickfeldes, doch bald bemerkten sie, wie winzige Lichtpunkte um sie herum zu tanzen begannen – als ob ein Schwarm Glühwürmchen sich versammelt hätte, um ihnen Gesellschaft zu leisten. Die Lichter wirbelten und drehten sich, begleitet von einem sanften, fast unsichtbaren Glitzern, das den gesamten Raum in ein märchenhaftes Schimmern tauchte.

Plötzlich erfüllte ein leises Kichern die Luft, das wie das zarte Rascheln von Blättern im Wind klang. Die Geschwister erkannten mit einem erstaunten Lächeln, dass sie nicht allein waren. Um sie herum schwebten winzige, schillernde Gestalten, die wie funkelnde Lichtpunkte durch die Luft wirbelten. Es waren Elfen, die in lebendigen Farben leuchteten – einige in sanftem Blau, andere in Gold und Silber und wieder andere in einem warmen Rosa, das wie Sonnenstrahlen durch Morgentau wirkte. Die Elfen waren kaum größer als ihre Handflächen und doch strahlten sie eine Energie und Freude aus, die den gesamten Raum erfüllte.

Die Elfen bewegten sich in einem komplexen, spielerischen Tanz, gleichzeitig chaotisch und perfekt aufeinander abgestimmt. Sie bildeten eine leuchtende Kette aus Licht, die die Umrisse eines neuen Pfades erkennen ließ. Sylvia und Tobias standen staunend, während die Elfen sie mit in eine zauberhafte Symphonie aus Licht und Schatten nahmen. Es war, als ob der gesamte Raum lebendig geworden wäre und sie eingeladen hätte, an diesem mystischen Spiel teilzunehmen.

„Schaut nur," flüsterte Sylvia, ihre Augen glänzten im schwachen Licht. „Sie führen uns irgendwohin."

Ein Elf, dessen schillerndes Haar wie Silberfäden im Dunkeln leuchtete, kam so nah, dass die Geschwister seine winzigen, zarten Flügel erkennen konnten, die beim Flügelschlag einen leisen Singsang erzeugten. Der Elf sah sie mit voller kindlicher Freude an und zwinkerte ihnen schelmisch zu. Dann, mit einem kleinen Kichern, schloss er sich wieder der Lichterkette an, die sich wie eine leuchtende Schlange durch die Dunkelheit schlängelte.

In diesem Moment trat eine Elfe, deren Schwingen in einem zarten Lavendelton glitzerten, vor die Gruppe und blickte auffordernd zu den majestätischen Hirschkäfern, die Sylvia und Tobias hierher gebracht hatten. „Ihr stolzen Wächter des Waldes, zeigt uns euren Tanz! Öffnet eure Flügel und stellt euch in einem Kreis auf – lasst uns alle tanzen und dieses Licht der Höhle feiern!"

Die Hirschkäfer, die ohnehin mit Stolz und Würde erfüllt waren, verneigten sich leicht vor der Elfe, bevor sie sich mit ihren kräftigen Beinen in einem Kreis um die Kinder und die Elfen aufstellten. Einer nach dem anderen entfalteten sie ihre dunkel glänzenden, feinen Flügel, die im sanften Licht der Elfen wie Schattengespinste schimmerten. Die Elfen stießen einen freudigen Ruf aus und begannen, im Kreis um die Käfer zu tanzen, wobei sie wie eine leuchtende Kette zwischen den Käfern und den Kindern hin und her schwirrten. Die Hirschkäfer schienen für einen Augenblick zu zögern, doch dann begannen auch sie sich in einem sanften Rhythmus zu bewegen, ihre Flügel sanft schlagend, als wären sie Teil einer uralten, fast vergessenen Zeremonie.

Es war ein wundervoller Anblick: die Elfen und die stolzen Hirschkäfer, die in einem gemeinsamen, lebhaften Tanz versunken waren. Die Kinder wurden in ein Spiel aus Licht und Schatten gehüllt, die über die Höhlenwände glitten und den Raum wie ein lebendiges, funkelndes Mosaik erleuchteten.

Die Kinder folgten dem tanzenden Elfenpfad, tiefer in die Höhle hinein. Jeder Schritt enthüllte neue Farben und Formen – die Elfen flogen nahe an den Höhlenwänden entlang und zeichneten Lichtmuster, die wie filigrane Blumen und Sterne aussahen. Es war, als ob sie mit purer Freude ihre Geschichten und Geheimnisse in das Gestein webten, um Sylvia und Tobias zu bezaubern und sie weiter in den Bann der Höhle zu ziehen.

Je tiefer sie dem tanzenden Elfenpfad folgten, desto klarer wurde ihnen, dass dies kein gewöhnlicher Weg war. Der Pfad führte nicht nur tiefer in die Höhle, sondern auch in das Herz der Magie selbst. Der Raum schien mit jedem Schritt an Leben zu gewinnen. Die Stimmen der Elfen mischten sich zu einem feinen Gesang, den die Kinder in ihrem Herzen spürten. Die Melodie war einfach und doch unbeschreiblich, wie das Murmeln eines Baches oder das Säuseln des Windes in den Bäumen.

Tobias hielt Sylvia`s Hand fest und flüsterte ehrfürchtig: „Es ist, als ob wir einen Traum betreten hätten."

Sylvia nickte stumm, fasziniert von dem Anblick. Sie spürte, wie ihr Herz in einer Weise zu schlagen begann, die sie nie zuvor erlebt hatte – eine Mischung aus Ehrfurcht und Neugier, aus Freude und Erwartung. Die Elfen zeigten ihnen, was sie für gewöhnliche Augen verborgen hielten: eine Welt der Magie, eine Welt voller Geheimnisse und voller Leben.

Als die Elfen sie zu einem offenen Bereich in der Höhle führten, verstärkten sich die Farben und das Glitzern. Eine große, funkelnde Kristallformation tauchte im Zentrum auf. Die Elfen begannen um diese Kristalle herum zu kreisen, sich wie eine drehende Spirale um sie zu winden. Die Lichter spiegelten sich in den Kristallen und erhellten den Raum in einem noch intensiveren Strahlen.

„Willkommen, liebe Kinder," schien die gesamte Höhle zu flüstern, ein Gruß, der im Tanz und Gesang der Elfen eingebettet war. Es war der Punkt, an dem das Licht der Elfen und das Herz der Höhle miteinander verschmolzen. Sylvia und Tobias wussten, dass sie hier etwas Einzigartiges, etwas Magisches entdeckt hatten – einen Ort, den sie nie vergessen würden.

So standen sie, die kleinen, leuchtenden Elfen und die ehrwürdigen Hirschkäfer um sich herum, im Herzen der Höhle und fühlten sich von einer Magie umgeben, die sie nur hier, in der Tiefe des Waldes, finden konnten. Die Elfen und Käfer gaben ihnen das Gefühl, dass sie ein Teil dieses Wunderlandes sein durften – wenn auch nur für einen flüchtigen Moment.

Kapitel 14: Das Herz des Waldes

Da war sie, die Kristallkammer, ein größeres Gewölbe, ausgekleidet mit lauter kleinen Kristallen in den Steinwänden. Die beiden Geschwister hielten inne, ergriffen von der schieren Pracht, die sich vor ihnen auftat. Es war, als hätten sie das Herz des Waldes selbst betreten – eine verborgene Welt, die in allen Farben des Regenbogens schimmerte und pulsierte. Die Kristalle, die die Höhlenwände bedeckten, waren in zahllosen Formen und Größen verteilt, jeder ein winziges Wunderwerk für sich. Manche waren lang und schlank und funkelten wie eingefrorene Wasserfälle, andere rund und glatt wie polierte Juwelen. Sie waren in ein sanftes Licht getaucht, das von den tiefsten Blau- und Violett-Tönen bis hin zu den warmen Nuancen von Gold und Rot reichte.

Das Licht in der Kammer schien lebendig zu sein und wechselte langsam von einem Farbton zum nächsten, als ob es in einem stillen Atemzug pulsierte. Es schien sich von den Kristallen zu lösen und in der Luft zu schweben, bevor es wieder in die Steine zurücksank und ihnen eine besondere Lebendigkeit verlieh. Die Farben vermischten sich zu schillernden Mustern, die an das Fließen eines Flusses erinnerten. Überall, wohin die Geschwister blickten, glitzerten und funkelten die Steine wie ferne Sterne, die eigens für diesen Ort auf die Erde gefallen zu sein schienen.

Sylvia spürte eine tiefe Ruhe in ihrem Inneren, eine Gelassenheit, die sie fast überwältigte. Es war, als ob die Kristalle eine sanfte Melodie sangen, eine stille Hymne an den Wald, an die Magie und an die Geheimnisse, die sich nur dem offenbarten, der mit offenem Herzen kam. Tobias, der neben ihr stand, war genauso fasziniert; seine Augen spiegelten das magische Licht wider, das die gesamte Kammer erfüllte. Seine Hand hielt die ihre fest, beide still und ergriffen von diesem Ort, der für sie wie ein Heiligtum erschien.

„Sylvia," flüsterte Tobias, „ich glaube, das ist wirklich das Herz des Waldes. Spürst du es?"

Sylvia nickte. Sie spürte es nicht nur, sie konnte es fast sehen – die Energie, die zwischen den Kristallen floss, als ob der ganze Raum ein lebendes Wesen wäre. Sie fühlte sich verbunden mit diesem Ort, mit der Magie, die die Luft erfüllte und mit den Geschichten, die jeder einzelne Kristall zu erzählen schien. Es war, als hätte der Wald selbst ihnen einen Teil seines tiefsten Geheimnisses anvertraut, als Dank für ihren Mut und ihren unerschütterlichen Glauben an das Wunderbare. Die Elfen, die ihnen gefolgt waren, schwebten weiter um sie herum, tanzten in spiralförmigen Mustern zwischen den Kristallen und ließen das Licht in immer neuen Farben aufleuchten. Ihre winzigen Hände berührten die Steine und es schien, als ob die Kristalle auf dieses zarte Streicheln reagierten und noch heller leuchteten. Die Elfen wirkten wie Wächter dieser Kammer und ihre fröhlichen Gesichter schienen die Kinder willkommen zu heißen, sie in diese magische Welt einzuladen, die nicht für jedermann zugänglich war.

Doch gerade, als Sylvia und Tobias diesen Anblick in sich aufnahmen, geschah etwas, das ihnen einen leisen Schauer über den Rücken jagte. Die sieben Hirschkäfer, die sie zuvor noch als ihre Begleiter wahrgenommen hatten, begannen plötzlich, sich wie in Trance zu bewegen. Es war, als hätte eine unsichtbare Kraft sie erfasst und in einen uralten, längst vergessenen Tanz hineingezogen. Ihre Flügel begannen zu vibrieren, erst leise, dann immer lauter, bis das Summen wie das Dröhnen eines riesigen, unheimlichen Propellers die Höhle erfüllte und an ihren Knochen vibrierte.

Die Käfer begannen sich langsam im Kreis zu drehen, ihre langen, schattigen Geweihe bewegten sich wie die Zeiger einer dunklen Uhr, die eine geheimnisvolle Zeit anzeigte. Ihre Flügel flatterten schneller und schneller und das Summen verwandelte sich in ein tiefes, fast bedrohliches, die ganze Höhle durchdringendes Brummen. Es wurde so laut und durchdringend, dass Sylvia und Tobias ihre Herzen wie kleine Trommeln in ihren Ohren pochen hörten.

Die Elfen, die bisher still in der Dunkelheit geschwebt hatten, hoben nun die Hände und riefen eine Schar von Glühwürmchen herbei, die das unheimliche Schauspiel noch verstärkten. Die Glühwürmchen wirbelten wild um die Hirschkäfer herum und gaben dem immer schneller werdenden Tanz ein unheimliches, flackerndes Leuchten. Der Raum war erfüllt von einem Licht, das von Sekunde zu Sekunde greller wurde. Die Kinder spürten ein Kribbeln in der Luft – eine Mischung aus Faszination und beklemmender Angst.

„Was… was machen sie da?" flüsterte Tobias und rückte unwillkürlich näher an Sylvia heran.

„Ich weiß nicht," murmelte Sylvia und ihre Stimme zitterte leicht. „Es sieht aus wie… ein altes Ritual."

Die wirbelnde Säule aus Licht und Bewegung erhob sich immer höher, wurde greller und bedrohlicher. Die Glühwürmchen zogen dabei Spuren aus Licht, die sich um die Hirschkäfer schlangen und sie fast wie leuchtende Ketten in die Höhe zu ziehen schienen. Das Licht der Säule begann zu glühen und leuchtete so grell, dass die Geschwister die Augen zusammenkneifen mussten.

Das tiefe Brummen schien direkt in ihre Köpfe zu dringen und das Flügelschlagen der Käfer war so laut, dass die Geschwister sich die Ohren zuhalten mussten. „Haltet euch fest!" schrie Nox und seine Stimme klang in der lärmenden Höhle wie ein Windstoß. Der Kobold sprang hoch in die Luft und seine kleine Gestalt zeichnete sich für einen Moment als dunkler Schatten gegen das blendende Licht ab. Mit einer eindrucksvollen Geste rief er einen uralten Zauberspruch, seine Stimme ein donnerndes Echo, das von den Höhlenwänden zurückgeworfen wurde:

„Durch Liebe geführt, aus Licht geboren,
entfalte das Herz, das im Reinen erkoren.
Im Tanz der Käfer, im Schimmer der Pracht,
wird Licht aus Funken zum Leben erwacht.
Im Glanz der Flügel, im Wirbeln der Macht,
vereine das Herz, das alles entfacht.
Durch Hingabe strahlt, was ewiglich bleibt,
"Erhelle den Kristall, der das Leben schreibt."

Dann klatschte er, mit einem lauten, rhythmischen Schlag, siebenmal in die Hände – jeder Schlag galt einem der Hirschkäfer und bei jedem Klatschen wurde das Brummen einen Ton höher, schriller, fast schmerzhaft in den Ohren.

Auf einmal zersprang die strahlende Lichtsäule wie zerplatzendes Glas. Für einen Moment herrschte absolute Stille. Dann verwandelten sich die sieben Hirschkäfer in Millionen von winzigen, glitzernden Lum-Partikeln, die wie ein schimmernder Nebel in der Luft schwebten und die Höhle in ein sanftes, fast geisterhaftes Glühen tauchten.

Sylvia und Tobias standen regungslos da, ihre Herzen pochten wild und sie wagten kaum, zu atmen. Die Lum-Partikel schwebten nun leise um sie herum und sammelten sich allmählich in der Mitte der Kammer. Dort, inmitten des schimmernden Nebels, erschien ein gewaltiger Kristall, der in einem so reinen und gleißenden Licht erstrahlte, dass die Kinder glaubten, die Quelle allen Lichts vor sich zu sehen.„Das ist… das Herz des Waldes," flüsterte Sylvia ehrfürchtig und spürte, wie ihr ein Schauder der Ehrfurcht durchlief.

Tobias nickte nur, unfähig, ein Wort zu sagen, während das Licht des Kristalls ihn in eine Ruhe und Ehrfurcht hüllte, die die Schrecken des Moments verblassen ließ.

Kapitel 15: Das Glitzern der tausend Kristalle

Es war, als ob die Luft selbst vor Magie schimmerte, während Sylvia und Tobias wie verzaubert im Herzen der kristallenen Kammer verweilten. Ein sanfter, fast unsichtbarer Schleier schien sich von ihren Schultern zu lösen. Plötzlich fühlten sie sich leichter, fast schwerelos, wie Gestalten in einem Traum. Inmitten der Kammer, still und ehrfurchtgebietend, erhob sich der Hauptkristall. Mächtig und klar wie eine uralte Quelle, funkelte er mit einer Helligkeit, die ihre Blicke fesselte und tief in ihre Herzen drang, als trüge dieser Stein das Wissen eines ganzen Universums in sich.

Die Reflexe des kristallenen Lichts webten sich wie ein lebendiger Teppich aus Farben, der sich vor ihren Füßen entfaltete. Regenbogenfarben schienen zu fließen und zu glühen und jede Nuance schien eine eigene Melodie, eine eigene Geschichte zu erzählen. Es war, als ob der Kristall selbst ein atmendes Wesen wäre, das seine Welt aus schimmernden Nuancen vor den Kindern ausbreitete. Die Farben – warme Goldtöne wie die Sonne, kühlere Blautöne wie die Tiefen des Ozeans und das grüne Leuchten, das die Essenz des Waldes in sich trug – formten sich zu einem lebendigen Nebel, der sich sanft um Sylvia und Tobias legte und sie in einen Strudel aus Licht und Farben zog.

Um sie herum erhoben sich tausende kleinere Kristalle, die wie stumme Wächter das Licht des großen Steins einfingen und es in winzigen Wellen zurückwarfen, sodass ein lebendiges Muster aus Glitzern und Flimmern entstand. Manche Kristalle schimmerten in geheimnisvollen Violett-Tönen, andere in dem sanften Rosa einer Morgenröte. Es war, als ob jedes Lichtfragment eine

Erinnerung, ein alter Traum des Waldes wäre, der hier, in der Tiefe, zur Ruhe gekommen war.

Sylvia hob ihre Hand und wie von selbst schwebten die Farben auf ihre Fingerspitzen zu, sammelten sich in glitzernden Wirbeln, die um ihre Handfläche tanzten. Ein warmes Lächeln glitt über ihr Gesicht. In diesem Moment spürte sie, dass sie nicht nur ein Mädchen aus der Welt der Menschen war, sondern Teil eines größeren, uralten Geheimnisses. Tobias trat mit weit geöffneten Augen neben sie. Er fühlte dasselbe wundersame Ziehen in seinem Herzen. Es war das Gefühl, dass diese Welt sie beide in sich aufnahm und ihnen ihre Magie offenbarte.

„Sie tanzen wirklich mit uns", flüsterte Tobias. Seine Worte schienen im Raum nachzuklingen, als ob das Licht selbst darauf hörte und ihm antwortete. Es war eine sanfte, lautlose Stimme, die weder aus Worten noch aus Tönen bestand, sondern wie ein Flüstern direkt in ihre Herzen drang, eine Sprache, die nur das Licht selbst zu sprechen schien.

Das Summen, das in der Kammer erklang, war anders als jede Musik, die sie je gehört hatten. Es war das Singen der Kristalle, das Flüstern der Jahrhunderte, das in den Wänden und den kleinen Rissen und Furchen des Gesteins widerhallte. Sylvia wusste instinktiv, dass dies das Lied des Waldes war, das nur jenen offenbart wurde, die den Mut besaßen, in die Tiefe der Erde zu gehen und die Magie mit einem reinen Herzen zu empfangen. Die Klänge schienen von überall zu kommen und schwebten durch die Luft wie unsichtbare Wellen, die die Geschwister in einem harmonischen Tanz begleiteten.

Langsam begannen Sylvia und Tobias sich im Kreis zu drehen, geführt von einer Kraft, die älter und weiser war als sie selbst. Sie folgten der unsichtbaren Melodie und mit jedem Schritt schien der Raum um sie herum lebendiger zu werden. Die kleinen Elfenlichter, die sie auf ihrem Weg durch den Wald begleitet hatten, kehrten zurück, schwebten nun über ihnen, zogen glitzernde Bahnen und bildeten Spiralen aus Licht und Farbe, die die Bewegungen der Kinder umspielten.

Kapitel 16: Ein Geschenk aus Licht

Ein sanftes, goldenes Schimmern ging vom großen Kristall im Zentrum der Kammer aus und glitt wie ein lebendiger Strahl durch die weiten, stillen Höhlenwände. Der Lichtstrahl, sanft und zugleich kraftvoll wie eine aus Helligkeit geformte Hand, wies zielgerichtet auf einen kleinen, perfekt geformten Kristall, der in einer Nische der Felswand ruhte. Als ob er auf das Leuchten antwortete, begann der kleine Kristall, in einem ruhigen, tiefen Blau zu erstrahlen, wie das friedliche Licht eines klaren Abends unter sternenklarem Himmel.

Ehrfürchtig und gebannt standen Sylvia und Tobias, ihre Herzen pochten voller Vorfreude und Staunen. Der Kristall, auf den das goldene Licht fiel, schien wie ein lebendiger Stern, erfüllt von einer geheimnisvollen Energie, die die Kammer mit ihrem sanften Schein durchdrang. Es war, als hätte dieser leuchtende Stein nur auf ihre Ankunft gewartet – ein Geschenk des Waldes selbst, welches sie mit einer stillen, tiefen Botschaft zu sich rief.

Lumira, die Sternenfee, stand neben ihnen und blickte mit einem sanften Lächeln auf den Kristall. Sie legte eine behutsame Hand auf Sylvias Schulter und sprach leise: „Das Licht des Waldes hat euch auserwählt, dieses Geschenk zu empfangen. Es ist ein Symbol der Magie, die in euren Herzen lebt. Der Wald schenkt seine Gaben nur jenen, die sein Geheimnis mit Mut und Reinheit suchen."

In den beiden Geschwistern wuchs die Bedeutung ihrer Worte. Als Sylvia den Kristall vorsichtig in die Hand nahm, verstärkte sich sein Leuchten, als würde er ihre Berührung erwidern. Der Edelstein schien sich an sie zu schmiegen, pulsierend wie ein lebendiger Herzschlag, im Einklang mit ihrem eigenen. Tobias trat näher, legte seine Hand auf Sylvia`s und betrachtete das Licht mit Augen voller Freude und Ehrfurcht.

Noch bevor sie einen weiteren Gedanken fassen konnten, machte sich Nox, der kleine Kobold, vergnügt grinsend bemerkbar. Er hüpfte um die beiden herum und kicherte leise, seine Augen blitzten schelmisch auf. „Nun, nun, Kinder! Der Wald sieht etwas Besonderes in euch – aber vergesst nicht, dass ein Geschenk auch Verantwortung bedeutet!" Er wies auf den Kristall und fuhr fort: „Dieser Stein birgt nicht nur die Magie des Waldes, sondern auch seine Weisheit und seine Wahrheit. Denkt daran! Wenn ihr ihn mitnehmt, dann nur mit Bedacht. Die Geheimnisse des Waldes offenbaren sich nur jenen, die sie ehren und respektieren."

Sylvia und Tobias nickten ernst, während sie Nox und seine Worte in sich nachklingen ließen. Der Kristall in ihrer Hand fühlte sich nun noch bedeutsamer an – ein kostbarer Schatz voller Leben und Geheimnisse, der ihnen den Geist des Waldes für immer in Erinnerung rufen würde. Lumira legte ihre leuchtenden Finger sanft auf den Kristall und flüsterte: „Ihr tragt nun ein Stück des Waldes mit euch, wohin ihr auch geht. Lasst es leuchten, lasst es ein Zeichen eurer Verbundenheit mit diesem Ort sein. So wird das Licht des Waldes niemals ganz erlöschen, selbst wenn ihr ihm fern seid."

Kapitel 17: Der Edelsteinblick

Sylvia hob den kleinen Kristall vorsichtig in ihren Händen und betrachtete ihn mit offenem Staunen. Das Licht darin war warm und lebendig. Während sie ihn im sanften Schein der Kammer drehte, begannen Farben aufzublitzen, die sie so noch nie gesehen hatte. Tiefes Blau, das beruhigend und geheimnisvoll wirkte, vermischte sich mit einem leuchtenden Rot, welches wie die Glut eines Feuers schimmerte. Dann glitt es in ein zartes Grün, das sich sanft in goldenes Licht verwandelte, als ob die Sonne sich durch dichtes Blattwerk bricht. Der Kristall schien wie ein verborgenes Geheimnis, das sich Stück für Stück entfaltet, je länger sie ihn ansah.

Auch Tobias blickte voller Faszination auf das Farbspiel. „Sylvia, schau mal! Er verändert sich jedes Mal, wenn man ihn ein wenig dreht," flüsterte er und legte seine Hand auf ihre, um den Kristall gemeinsam zu drehen. Die Facetten des Edelsteins kamen nun voll zur Geltung und reflektierten das Licht in schimmernden Mustern, die wie ein lebendiges Kaleidoskop vor ihren Augen tanzten. Es war, als ob jede Drehung eine neue Welt offenbarte, eine flüchtige Schönheit, die im nächsten Augenblick bereits eine andere Gestalt annahm.

Nox beobachtete die beiden und nickte anerkennend. „Ah, ja," begann der Kobold mit feierlicher Miene, „dieser Kristall ist kein gewöhnlicher Stein. Er ist ein wahrer Edelstein. Wir Kobolde nennen ihn nicht umsonst den *Edelsteinblick*. Er ist wie ein Kaleidoskop, aber noch viel mehr als das."

Sylvia und Tobias schüttelten neugierig die Köpfe. „Was ist denn ein Kaleidoskop?" fragte Tobias.

„Ein Kaleidoskop," erklärte Nox, „ist ein kleines Röhrchen, das man dreht, um darin Muster zu sehen. Durch bunte Glasstücke und Spiegel wird das Licht gebrochen und erschafft bei jeder Drehung neue, schillernde Bilder. Dieser Edelstein ist ganz ähnlich – aber seine Muster sind lebendig und voller Magie." Er zwinkerte ihnen geheimnisvoll zu.

Tief beeindruckt hielt Sylvia diesen Edelstein direkt vor ihre Augen und ließ das Licht hindurchstrahlen. Sie spürte ein leises Knistern, als ob der Edelstein zu ihr sprach und bei jeder kleinen Drehung blitzte eine neue Facette auf, die wieder andere Farben und Formen enthüllte. Es war fast, als ob sie in ein lebendiges Geheimnis hineinschaute, das nur darauf wartete, entdeckt zu werden.

„Aber was macht ihn so besonders?" fragte sie leise und wagte kaum, den Blick vom Kristall zu lösen.

Nox lächelte sanft. „Dieser Edelstein ist nicht nur ein Stück des Waldes – er ist ein lebendiges Wesen. Er trägt die Magie, die Weisheit und, was das Wichtigste ist, die Wahrheit des Waldes in sich," erklärte er mit einer Stimme, die voller Ehrfurcht klang. „Er hat seine eigene Energie, eine Lebendigkeit, die im Einklang mit allem hier steht."

„Die Wahrheit?" fragte Tobias erstaunt.

„Ja, genau," bestätigte Nox und seine Augen blitzten im Feenlicht. „Durch diesen Kristall werdet ihr erkennen, was wirklich wichtig ist. Er wird euch helfen, die Welt mit neuen Augen zu sehen. Wenn ihr ihn vor eure Augen haltet und durch das schimmernde Licht blickt, dann eröffnet sich eine andere Perspektive – wie ein leiser Lehrer, der euch zeigt, was ihr manchmal überseht." Er hielt inne und lächelte. „Das ist der wahre Edelsteinblick."

„Also, wenn wir zum Beispiel traurig oder wütend sind?" fragte Sylvia, während ihr Blick zwischen Nox und dem Kristall hin und her wanderte.

„Genau," bestätigte der Kobold mit einem weisen Nicken. „An Tagen, die schwer oder traurig erscheinen, oder wenn Neid oder Wut in euch aufsteigen, nehmt diesen Kristall zur Hand. Lasst das Licht hindurchscheinen und schaut durch ihn. Er wird euch zeigen, dass es immer eine andere Sichtweise gibt – oft sind die Dinge nicht so dunkel, wie sie auf den ersten Blick scheinen. Und wenn ihr hindurchschaut, wird eine tiefe Ruhe in euch spürbar sein, wie ein Freund, der euch sanft zuflüstert: ‚Schau genau hin, alles hat mehr als eine Seite.'"

Sylvia lächelte bei diesen Worten und sie spürte, dass dieser Kristall mehr war als nur ein wunderschönes Souvenir. „Das ist also der Edelstein mit dem *Edelsteinblick*," flüsterte sie ehrfürchtig.

„Ganz genau," sagte Nox leise. „Der *Edelsteinblick* ist euer Schlüssel zu einer Weisheit, die euch immer daran erinnern wird, dass es mehr zu sehen gibt, als auf den ersten Blick sichtbar ist."

Die beiden Geschwister sahen einander an, ihre Herzen erfüllt von Freude und tiefer Dankbarkeit. Sie verstanden, dass dieser Kristall ihnen in Momenten der Unsicherheit, des Zweifels und der Angst zur Seite stehen würde – ein funkelnder Lichtstrahl, der ihnen half, den richtigen Weg zu finden und sie daran erinnerte, dass das wahre Licht auch in ihnen selbst leuchtete.

Kapitel 18: Die ehrfürchtige Stille

Sylvia und Tobias standen mit dem kleinen, glitzernden Edelstein in den Händen, den sie soeben als Geschenk des Waldes empfangen hatten und ließen den Blick langsam über die funkelnde Höhle schweifen. Die Luft schien erfüllt von einer tiefen, fast heiligen Stille. Es war, als würde der Wald in dieser Ruhe selbst zu ihnen sprechen – durch das Flüstern der Kristalle, das sanfte Strahlen der Wände und die warmen, leuchtenden Farben, die sie umgaben.

Nyxian, der große Fuchs und Wächter der Höhle, stand reglos am Rande des Lichts und betrachtete die Kinder mit seinen goldenen, weisen Augen. Er schien ihre Dankbarkeit, ihren tiefen Respekt vor diesem Ort und die Bedeutung des Edelsteins in ihren Händen genau zu spüren. Zufrieden nickte er und seine stille Präsenz erfüllte Sylvia und Tobias mit einer tiefen Vertrautheit, als wäre Nyxian selbst ein Teil ihres Herzens geworden.

„Ihr habt es verstanden," murmelte der Fuchs leise, fast als hätte er die Worte nur für sich selbst gesprochen. „Dieses Licht, das ihr hier gefunden habt, wird euch begleiten und euch an die Magie des Waldes erinnern, wohin ihr auch geht."

Die Kinder nickten, ihre Herzen voller Ehrfurcht und Freude. Sie spürten, dass dieser Augenblick in der Höhle ein kostbarer Schatz war, den sie für immer in sich tragen würden – eine stille Erinnerung an die tiefe Magie, die sie hier erlebt hatten. Lumira schwebte zu ihnen und berührte den Edelstein sanft, sodass sein Licht noch heller zu strahlen begann.

„Der Wald hat euch etwas Wertvolles geschenkt," flüsterte die kleine Fee. „Bewahrt diese Erinnerung und diesen Edelstein in eurem Herzen. Sie werden euch stets an diesen Ort und an die Weisheit erinnern, die ihr hier gefunden habt."

Nox trat näher und legte seine winzige Hand auf Tobias` Schulter. „Vergesst nie, was euch der Wald heute gezeigt hat – nämlich, dass das Licht in euch selbst wohnt. Wann immer ihr diesen Edelstein betrachtet, wird er euch daran erinnern, dass eure innere Stärke und Ruhe euch helfen, die Welt in all ihren Farben zu sehen."

Die beiden Kinder blickten noch einmal auf den Kristall, der nun fast wie ein sanfter Herzschlag in ihrer Hand pulsierte. Der Wächterfuchs Nyxian, die Sternenfee Lumira und Nox standen bei ihnen, als ob sie ihnen auf diese Weise ein letztes Stück Kraft und Schutz für den Rückweg mitgeben wollten.

In diesem Moment wussten Sylvia und Tobias, dass sie das Geheimnis des Waldes im wahrsten Sinne des Wortes in den Händen hielten. Es war das Licht, die Weisheit und die Wahrheit, die sie nun in ihren Herzen trugen – ein Geschenk, das ihnen für immer bleiben würde.

Mit einem letzten, ehrfürchtigen Blick auf den großen, leuchtenden Kristall und einem stummen Dank an Nyxian dem Fuchs, sowie ihrer Freunde machten sich Sylvia und Tobias bereit, den Rückweg anzutreten. Sie standen zwar noch in der Höhle, doch in ihrem Inneren fühlten sie sich bereits auf dem Weg zurück – bereichert, gestärkt und für immer verbunden mit der Magie des Waldes.

Kapitel 19: Das Geheimnis des Edelsteinblicks

Kaum hatten Sylvia und Tobias den Edelstein erneut berührt, begann ein sanftes, warmes Leuchten von ihm auszustrahlen. Dieses Mal wirkte das Licht jedoch anders – es schien, als wäre ein Regenbogen in seinem Inneren gefangen. Farben in zartem Rosa, kräftigem Blau, strahlendem Gelb und beruhigendem Grün glitten wie durchscheinende Schmetterlingsflügel über dem Kristall. Die Wände der Höhle erstrahlten im Regenbogenlicht und das ganze Gewölbe schien in einem sanften, magischen Schimmer zu baden.

Sylvia hielt den kleinen Edelstein in beiden Händen und spürte, wie das Licht sie durchströmte. Es war, als könnte sie die Energie des Waldes und die Ruhe des Steins in sich aufnehmen. Tobias, der neben ihr stand, betrachtete den Regenbogenkristall fasziniert und ließ seine Finger sanft über die Oberfläche gleiten. Mit jeder Berührung veränderte sich das Licht und bei jeder kleinsten Bewegung wechselten die Farben, die der Kristall ausstrahlte.

„Ich glaube, dieser Kristall ist wie eine Art Kompass, der uns immer wieder zu diesem Gefühl zurückführen kann," flüsterte Sylvia leise. „Er wird uns daran erinnern, dass wir einen Teil der Magie des Waldes bei uns tragen."

Nox, der aufmerksam neben ihnen stand, nickte wissend. „Ja, dieser Edelstein ist voller Zauber – aber er trägt auch die Erinnerungen, die ihr hier gesammelt habt," erklärte er. „Das Regenbogenlicht, das ihr hier seht, wird euch auch zu Hause daran erinnern, dass es immer eine neue Perspektive gibt, die ihr einnehmen könnt."

Tobias schaute den Kobold an, seine Augen funkelten neugierig. „Das bedeutet also, dass er uns auch im Alltag helfen kann?"

„Ganz genau," antwortete Nox mit warmer und zuversichtlicher Stimme. „Dieser Edelstein wird euch, wenn ihr ihn festhaltet und ins Licht dreht, daran erinnern, dass es immer mehr als eine Sichtweise gibt. So wie die Farben, die im Licht erscheinen, könnt ihr Dinge von allen Seiten betrachten – und manchmal zeigen sie euch eine andere Wahrheit, wenn ihr nur einen Moment innehaltet."

Mit diesen Worten begann der Regenbogen im Edelstein intensiver zu leuchten, als ob er die Worte des Kobolds verstanden hätte und selbst Zustimmung signalisierte. Sylvia und Tobias lächelten und wussten, dass dieses Geschenk nicht einfach nur ein Kristall war, sondern ein kleiner Lehrmeister, den der Wald ihnen mitgegeben hatte.

„Wir müssen besonders gut auf ihn aufpassen," flüsterte Sylvia, während sie den Kristall behutsam in einen kleinen Stoffbeutel legte, den sie mitgebracht hatte. Der Regenbogen schimmerte durch den Stoff hindurch, als wollten die Farben auch weiterhin die Welt um sich herum verzaubern.

„Sorgt gut für ihn," ermahnte Nox liebevoll. „Er ist ein lebendiges Wesen – ein Stück des Waldes, das euch auf eurem Weg begleiten wird."

Und so machten sich Sylvia und Tobias, den Regenbogenkristall mit dem Edelsteinblick sicher verwahrt, langsam bereit, die Höhle zu verlassen. Sie trugen nun nicht nur das Geschenk des Waldes, sondern auch eine tiefere Erkenntnis in sich: Die Magie, die Kraft und die Weisheit, die ihnen hier offenbart worden waren, würden sie von nun an stets begleiten – ein Geheimnis, das sie in ihrem Herzen bewahrten und das ihnen auch in der Weite der Welt immer ein wenig Heimat schenken würde.

„Danke, dass ihr gekommen seid", drang das Flüstern des Kristalls an ihre Herzen. Es war ein Dank, der tiefer klang als Worte, ein Gefühl von Frieden und Liebe, das wie warme Sonnenstrahlen in ihnen aufstieg. „Tragt unser Licht hinaus in die Welt", schien die Botschaft zu lauten und Sylvia und Tobias spürten eine Wärme, die sie für immer begleiten würde, ein Geschenk, das sie nun tief in sich trugen.

Langsam, wie von einer sanften, unsichtbaren Hand geführt, begann das Licht zu verblassen. Die Farben sanken zurück in den großen Kristall und das Summen wurde zu einem sanften Flüstern, einem Echo, das allmählich in der Stille der Kammer verhallte. Die Kinder standen still, Hand in Hand und ein tiefer Friede erfüllte sie. Sie waren bereit, diese Magie, dieses Geschenk des Waldes, mit hinauszunehmen und es für immer in ihren Herzen zu bewahren.

Kapitel 20: Der Zauber der Höhle

Auf ihrem Weg zum Ausgang bemerkten Sylvia und Tobias das leise, melodische Summen, das wie aus den Tiefen der Kristallwände zu ihnen drang. Es war ein sanftes, beruhigendes Lied – so fein und zart, dass es fast nur zu erahnen war, wie ein Wispern, das durch die Dunkelheit wehte und sich mit jedem Schritt verstärkte. Das Summen schien eigens für sie zu erklingen, ein sanfter Abschiedsgruß der Höhle, der das Herz wärmte und die Sinne beruhigte.

Tobias blieb stehen und legte eine Hand an die Höhlenwand. „Hörst du das, Sylvia?" flüsterte er, als könnte er durch eine zu laute Stimme den Zauber zerstören.

Sylvia nickte langsam, ihre Augen glänzten vor Rührung. „Ja …
es ist, als würde die Höhle uns Lebewohl sagen."

Doch in diesem Moment verdunkelte sich das Licht in der Höhle
ein wenig. Eine fast greifbare Kälte legte sich plötzlich um die
Geschwister. Das melodische Summen verblasste und aus der
Tiefe der Höhle tauchten zwei Gestalten auf. Es waren die
Wächter – mächtige, eindrucksvolle Figuren, die sie bereits auf
dem Hinweg gesehen hatten. Die Gestalten traten langsam vor,
ihre Augen leuchteten in einem unheimlichen, glühenden Grün,
welches wie das geheimnisvolle Licht der Tiefe flackerte.

Die Luft schien schwerer zu werden. Als die Wächter
näherkamen, legte sich ein Hauch von Dunkelheit über die Höhle.
Sylvia und Tobias hielten unwillkürlich den Atem an. Nyxian, der
Fuchs, schritt leise auf die Wächter zu, doch seine Bewegung war
langsamer und zurückhaltender, als ob auch er den Ernst der
Situation spürte. Die Wächter hielten inne. Ihre Blicke waren fest
auf Sylvia und Tobias gerichtet.

„Ihr habt etwas Kostbares mit euch," begann einer der Wächter
mit einer tiefen, hallenden Stimme, die durch die Höhlenwände
widerhallte. „Den Edelsteinblick – ein Geschenk des Waldes,
das nicht ohne Bedacht mitgenommen werden darf."

Sylvia fühlte das Gewicht des Kristalls in ihrem Stoffbeutel, als
ob er schwerer geworden wäre. Sie spürte die Erwartung in der
Luft, die von den Wächtern ausging, als ob sie etwas
Entscheidendes von ihnen verlangten. Ein mulmiges Gefühl stieg
in ihr auf und für einen kurzen Moment fragte sie sich, ob sie
wirklich würdig war, den Kristall mitzunehmen.

„Warum tragt ihr diesen Edelstein bei euch?" fragte der zweite Wächter mit einer Stimme, die sanft und doch eindringlich war. „Was bedeutet der Edelsteinblick für euch?"

Sylvia und Tobias tauschten einen unsicheren Blick. Sie wickelte vorsichtig den Kristall aus dem Stoffbeutel und gab ihn ihrem Bruder. Tobias trat einen Schritt vor und hob den Kristall leicht an, sodass sein Regenbogenlicht schimmerte. „Dieser Edelstein erinnert uns daran, dass wir immer eine neue Perspektive einnehmen können. Er zeigt uns, dass Magie und Wahrheit in allen Dingen liegen und dass wir mit einem klaren Herzen auf die Welt schauen sollen", sagte er leise aber bestimmt.

Sylvia nickte und fügte hinzu: „Er ist ein Stück des Waldes, das uns den Weg weist, wenn wir uns verirren. Der Edelsteinblick hilft uns, die Welt in all ihren Farben zu sehen – selbst wenn sie manchmal dunkel erscheint."

Die Wächter schwiegen und sahen die beiden durchdringend an, als ob sie die Worte nicht nur hörten, sondern ihre Herzen erforschten. Die Stille in der Höhle wurde tiefer und dichter. Die Kinder konnten den eigenen Herzschlag spüren, der rasch und laut in ihren Ohren klang. Es schien, als würde die Zeit selbst anhalten, während die Wächter darüber entschieden, ob Sylvia und Tobias das Geschenk des Waldes behalten durften.

Dann hob einer der Wächter seine Hand und legte sie in einer langsamen, rituellen Geste auf die Schultern der Geschwister. Ein eisiger Schauer durchlief beide und die Welt um sie herum begann sich zu verändern. Die Höhlenwände verschwanden und plötzlich fanden sich Sylvia und Tobias in einer düsteren, nebligen Landschaft wieder. Der Boden unter ihnen war karg und unfruchtbar und die Luft schien schwer und bedrückend. Ein drückendes Gefühl von Einsamkeit und Angst stieg in ihnen auf.

Vor ihnen erschien ein einsamer Weg, der sich durch die Landschaft schlängelte. Sie hörten eine leise, jammernde Stimme, die irgendwo im Nebel zu rufen schien, als ob jemand in Not war. Sylvia sah Tobias unsicher an und ihre Blicke trafen sich in einer Mischung aus Mut und Angst.

„Geht weiter," sprach eine tiefe Stimme aus der Ferne – es war der Wächter, doch er klang distanziert und geheimnisvoll. „Der Edelsteinblick wird euch den Weg weisen, wenn ihr die Kraft habt, ihn anzuwenden.

Vorsichtig schritten Sylvia und Tobias voran. Das Gefühl der Einsamkeit verstärkte sich und mit jedem Schritt wurde die Angst größer. Plötzlich trat eine Gestalt aus dem Nebel hervor. Es war ein Kind, welches sie um Hilfe anflehte. Sein Gesicht war blass und es schien verletzt und verzweifelt zu sein.

„Bitte helft mir," flehte das Kind. „Ich habe mich verirrt und finde den Weg nicht mehr zurück."

Tobias wollte sofort auf das Kind zugehen, doch Sylvia hielt ihn zurück und flüsterte: „Moment mal … das hier fühlt sich irgendwie seltsam an. Vielleicht ist es eine Falle." Unsicher blickten sie auf das Kind, das immer schwächer zu werden schien.

Da erinnerte sich Sylvia an den Edelstein. „Vielleicht können wir durch den Edelsteinblick erkennen, was wirklich wahr ist," sagte sie, ihre Stimme zitterte leicht. Gemeinsam hielten sie den Kristall vor ihre Augen und ließen das Regenbogenlicht hindurchstrahlen. Die Farben vermischten sich und langsam schien der Nebel um das Kind herum zu schwinden.

Als sie hindurch blickten, sahen sie plötzlich, dass die Gestalt des Kindes verblasste und in eine dunkle, bedrohliche Figur überging – ein Schattenwesen, das ihnen eine Illusion vorgetäuscht hatte, um sie in die Irre zu führen. Es war kein verletztes Kind, sondern eine Prüfung, die die Wächter ihnen auferlegt hatten.

Das Wesen zischte und verzog sich. Die Welt um sie herum wurde wieder klarer. Die düstere Landschaft verblasste und sie fanden sich erneut in der Höhle wieder. Die Wächter standen vor ihnen, ihre Augen nun weniger finster und ein Hauch von Anerkennung lag in ihren Blicken.

„Euer Herz ist rein und ihr habt bewiesen, dass ihr bereit seid, die Wahrheit zu erkennen," sprach der Wächter mit einer Stimme, die nun weicher klang. „Ihr habt verstanden, dass der Edelsteinblick euch nicht nur schöne Dinge zeigt, sondern auch die verborgene Wahrheit hinter dem, was euch begegnet."

Ein sanftes, harmonisches Summen erfüllte die Höhle, das Licht kehrte zurück und das Regenbogenlicht des Kristalls wurde heller, als ob die Höhle selbst sie für ihren Mut segnete. Die Prüfung war bestanden und Sylvia und Tobias spürten eine tiefe Erleichterung und Freude in sich aufsteigen. Der Fuchs Nyxian trat zu ihnen und legte tröstend seine Pfote auf ihre Hände, als würde er ihnen ein letztes Stück Mut für den Weg mitgeben.

Mit einem letzten, ehrfürchtigen Blick auf die Wächter und das schimmernde Regenbogenlicht in ihren Händen folgten Sylvia und Tobias, gefolgt von Nox und Lumira, dem schmalen Pfad zum Höhlenausgang. Das Summen des Kristalllieds begleitete sie bis ans Ende der Höhle. Als sie schließlich ins Sonnenlicht traten, fühlten sie sich erfüllt, gestärkt und für immer verbunden mit der Magie des Waldes.

Sie hatten das Geheimnis des Edelsteinblicks erfahren und waren nun bereit, es in die Welt hinauszutragen.

Kapitel 21: Der Heimweg mit Nox und Lumira

Die Geschwister traten aus der kühlen Dunkelheit der Höhle in das warme Licht des frühen Abends hinaus. Die ersten Strahlen der untergehenden Sonne brachen durch die Baumwipfel, ließen den Wald in einem sanften, goldenen Schein erstrahlen und verliehen den Schatten der Bäume eine magische Tiefe. Sie atmeten die frische Luft ein, die nach feuchtem Moos und den erdigen Geheimnissen des Waldes duftete. Tobias hielt das „Lum", das leuchtende Geschenk von Flori, sicher in seiner Hand, das immer noch sanft und vertraut in seiner kleinen Faust schimmerte.

Neben ihnen schwebte Lumira, die Sternenfee, die mit einem sanften Lächeln auf die Geschwister herabblickte. Nox hüpfte federleicht neben ihnen her und seine Schritte waren kaum hörbar auf dem Waldboden. Seine schimmernden Augen beobachteten die beiden voller Stolz und Zuneigung.

„Dieses ‚Lum' ist mehr als nur ein Licht," sagte Lumira und betrachtete das kleine Leuchten, das Tobias fest umschlossen hielt. „Es ist ein Teil deiner Reise, Tobias. Es wird dir auch zu Hause Trost und Kraft spenden, wenn der Weg einmal dunkel und ungewiss ist. Flori hat es dir überreicht, damit du nie vergisst, dass Licht auch in den dunkelsten Stunden existiert."

Tobias sah das „Lum" mit neuem Staunen an und hob es vorsichtig auf Augenhöhe. Das warme, goldene Glimmen erhellte sein Gesicht und für einen Moment schien es, als ob seine Augen die Tiefe und Bedeutung dieses Geschenks vollständig begriffen.

„Was können wir damit tun, wenn wir zu Hause sind?" fragte er ehrfürchtig, als ob er das Geheimnis dieses Lichtes ganz ergründen wollte.

Nox schmunzelte, seine Augen blitzten verschmitzt. „Das ‚Lum' ist nicht nur ein Licht, sondern auch ein Wegweiser," erklärte er. „Es kann euch helfen, Dinge aus einem neuen Blickwinkel zu sehen – besonders dann, wenn der richtige Weg im Dunkeln verborgen liegt. So wie der Edelsteinblick euch eine neue Sicht auf die Welt eröffnet, wird euch das Lum immer den Pfad zeigen, wenn eure Herzen voller Zweifel sind."

Sylvia nickte und betrachtete das Lum mit leuchtenden Augen. „Also können wir es nutzen, um zu sehen, was uns wirklich wichtig ist," sagte sie nachdenklich. „Vielleicht zeigt es uns auch, wie wir in schwierigen Momenten wieder Mut finden."

Lumira lächelte sanft und legte ihre leuchtende Hand auf das kleine Licht. „Manchmal reicht es aus, einfach nur durch das Lum hindurchzuschauen," sagte sie mit ihrer melodischen Stimme, die wie das Rauschen ferner Sterne klang. „Wenn du dich verloren oder unruhig fühlst, wird das Licht des Lum dich daran erinnern, dass auch in dir ein inneres Leuchten existiert, Tobias – ein Leuchten, das immer für dich da ist."

Die Geschwister spürten die Wärme dieser Worte in ihren Herzen und schauten sich mit einem Lächeln an. Sie wussten, dass sie ein Geschenk erhalten hatten, das weit mehr war als nur ein Licht. Das Lum und der Edelsteinblick würden ihnen stets den Weg weisen und ihnen helfen, auch im Alltag die Magie zu sehen, die in kleinen Momenten verborgen liegt.

Langsam machten sie sich auf den Heimweg, jeder Schritt von einer ruhigen Gewissheit erfüllt. Der Wald um sie herum schien lebendig, als ob die Bäume, der Wind und selbst die Vögel sich von ihnen verabschiedeten. Die Äste der Bäume neigten sich leicht über dem schmalen Pfad, als würden sie den Kindern und ihren Begleitern ein sanftes Lebewohl zuwispern.

Nox hüpfte fröhlich vor ihnen her, seine kleine Gestalt ein wuselnder Punkt inmitten der flackernden Schatten des Waldes. „Euer Weg führt euch vielleicht an Orte, die dunkler und weniger vertraut sind," sagte er, während er spielerisch über Wurzeln und Steine sprang, „aber solange ihr den Edelsteinblick und das Lum in euren Herzen tragt, wird der Mut euch niemals verlassen."

Tobias lächelte und drückte das Lum fest an seine Brust, als spüre er die Magie des Waldes in seiner eigenen Hand. „Danke, Nox, danke, Lumira. Ohne euch hätten wir das alles nicht geschafft."

Lumira lächelte und neigte sanft den Kopf. „Ihr habt diese Reise selbst gemeistert. Nox und ich haben euch nur begleitet, doch die Kraft, die nötig war, kam von euch."

Sylvia legte eine Hand auf Tobias` Schulter und flüsterte: „Vielleicht sind sie immer in unserer Nähe, auch wenn wir sie nicht sehen. Vielleicht spüren wir ihre Magie immer dann, wenn wir sie am meisten brauchen."

Ein sanfter Wind wehte durch die Bäume und die letzten Strahlen der Sonne warfen ein warmes, rötliches Licht auf den Pfad vor ihnen. Die Geschwister folgten ihm und erreichten schließlich die

Grenze des Waldes, wo der vertraute Anblick ihres Zuhauses bereits auf sie wartete.

Lumira und Nox hielten inne. Die Sternenfee schwebte leise über den Boden und sah die Geschwister mit warmem Lächeln an. „Eure Reise hier endet, doch ein neuer Weg erwartet euch da draußen," sagte sie. „Das Lum wird euch leiten und der Edelsteinblick wird euch helfen, das Wunderbare und das Wahre zu erkennen – wenn ihr nur genau hinseht."

Nox nickte eifrig und fügte hinzu: „Vielleicht werdet ihr uns eines Tages wiedersehen, wenn ihr den Ruf des Waldes spürt. Denn Magie wie die unsrige lebt in jedem Baum, in jeder Blume und in all euren Herzen."

Sylvia und Tobias standen für einen langen Moment still und betrachteten ihre Freunde. „Wir werden euch nie vergessen," versprach Sylvia leise, ihre Augen glänzten vor Freude und Abschiedsschmerz.

Die beiden Geschwister traten schließlich aus dem Wald heraus und blickten noch einmal zurück, das Lum in Tobias und Hand glomm sanft und zart im letzten Abendlicht. Hinter ihnen verblasste der Wald langsam in den Schatten der Nacht, doch die Erinnerungen an das Abenteuer und die treuen Freunde, die sie begleitet hatten, würden für immer in ihren Herzen leuchten.

Sie gingen Hand in Hand den vertrauten Weg nach Hause, mit einem neuen Wissen, das sie mit der Magie des Waldes verbunden hatte.

Kapitel 22: Ein funkelnder Empfang zu Hause

Als Sylvia und Tobias schließlich den vertrauten Anblick ihres Zuhauses erblickten, erfüllte sie ein Gefühl von Freude und Staunen. Die Morgensonne kroch bereits über den Horizont und tauchte alles in ein warmes, goldenes Licht. Doch die sanfte Magie des Waldes schien sie noch zu umhüllen, als ob die Erinnerungen an ihr Abenteuer in jedem Sonnenstrahl glitzerten.

Tempus, der treue Hase, der mit seinen flinken Pfoten über die Grenzen der Zeit wachte, hüpfte vor den Geschwistern her, stoppte auf der letzten Lichtung und sah sie mit einem warmen, fast väterlichen Blick an. „Hier endet eure Zeit im Reich des Waldes," sagte er leise und nickte ihnen zu. „Doch ihr habt den *Edelsteinblick* und das ‚Lum' – zwei Geschenke, die euch immer wieder an diesen Ort erinnern werden. Lasst sie euch leiten, wenn ihr den Weg einmal nicht mehr sehen könnt."

Sylvia und Tobias nickten, tief berührt von seinen Worten. Sie wussten, dass Tempus wie ein Wächter über ihren Ausflug gewacht hatte und dass er die Zeit auf dieser Reise so gelenkt hatte, dass sie am Ende unversehrt wieder heimkehren konnten.

Auf der Lichtung wartete auch Glimmer, die alte Schnecke mit dem strahlenden, glitzernden Gehäuse. Als sie die Geschwister sah, lächelte sie sanft und sprach mit ihrer weisen, leisen Stimme: „Denkt daran, dass Magie in vielen Formen vorkommt. Sie versteckt sich oft in den alltäglichsten Dingen, die wir übersehen – und manchmal zeigt sie sich nur denen, die ein bisschen langsamer gehen."

Die Kinder lächelten und wussten, dass Glimmers Worte eine tiefere Bedeutung hatten. Sie würde sie daran erinnern, dass die

Wunder des Waldes überall um sie herum waren, auch wenn sie wieder in ihre gewohnte Welt zurückkehrten.

Doch als sie weitergingen, bemerkten sie, dass die Luft um sie herum heller wurde und die Gestalten von Lumira und Nox begannen allmählich zu verblassen. Die beiden Begleiter, die ihnen auf so vielen Wegen beigestanden hatten, wurden zu schimmernden, fast durchsichtigen Figuren und ihre Stimmen klangen wie das sanfte Läuten kleiner Glöckchen, die langsam in der Morgensonne vergingen.

„Das Abenteuer ist hier für euch zu Ende, kleine Reisende," sagte Lumira, ihre Stimme sanft und ein wenig melancholisch, während sie sich in Licht auflöste. „Aber unsere Magie wird immer in euren Herzen sein."

Nox zwinkerte den Geschwistern ein letztes Mal zu, sein schelmisches Lächeln noch immer auf den Lippen. „Denkt daran, den Mut und die Wunder immer bei euch zu tragen," murmelte er, als auch seine Gestalt sich im Licht verlor. „Die Magie des Waldes gehört nun zu euch."

Die letzten Töne der kleinen Glöckchen hallten leise durch die Luft, als ob der Wald selbst Abschied nahm. Schließlich waren die beiden verschwunden und das kleine „Lum" in Tobias` Hand schimmerte ein letztes Mal hell auf, als wollte es ihnen ein stilles Versprechen mit auf den Weg geben, bevor es in ein sanftes Glühen überging.

Mit vorsichtigen Schritten trugen Sylvia und Tobias den kleinen Kristall, den sie als Geschenk des Waldes erhalten hatten, nach Hause. Als sie ihn im Sonnenlicht auf das Fensterbrett legten, geschah etwas Wundervolles: Der Kristall begann in den schönsten Regenbogenfarben zu strahlen. Die Farben tanzten an den Wänden und das Zimmer füllte sich mit einem schimmernden Licht, das die warmen Töne des Morgens widerspiegelte. Sylvia und Tobias standen gebannt da und beobachteten, wie der Kristall lebendig wurde und die Luft um sie herum in ein funkelndes Meer verwandelte.

„Es ist, als ob die Magie des Waldes jetzt hier bei uns ist," flüsterte Sylvia, ihre Augen leuchteten vor Staunen. „Wir haben ein Stück des Herzens des Waldes mit nach Hause gebracht."

Tobias nickte, seine Neugier geweckt. „Ich frage mich, was passiert, wenn wir nochmal durch den Kristall hindurchblicken?"

„Das sollten wir ausprobieren!" rief Sylvia begeistert und nahm den Kristall vorsichtig in die Hand. „Das ist unser Edelsteinblick!"

Sie hielten den Kristall vor ihre Augen und schauten durch die glitzernde Oberfläche. Plötzlich erstrahlte das Licht darin in einem noch intensiveren Glanz. Tobias lachte auf, als er die Farben um sich herum sah: „Wow! Schau dir das an! Es ist, als ob die Welt aus verschiedenen Regenbogenstücken besteht!"

„Es sieht so aus, als ob alles lebendig wäre!" rief Sylvia voller Freude und drehte den Kristall in den Händen. „Wenn wir so hindurchsehen, können wir die Dinge mit anderen Augen betrachten!"

„Und es gibt so viele Facetten," fügte Tobias hinzu, während er den Kristall sanft hin und her drehte. „Jedes Mal, wenn ich ihn drehe, sehe ich etwas Anderes. Es ist wie ein Kaleidoskop!"

„Genau!" erwiderte Sylvia und lächelte. „Ein Kaleidoskop ist ein Spielzeug, das aus vielen bunten Stücken besteht. Wenn man hindurchschaut, sieht man immer neue Muster!"

Tobias hielt den Kristall näher an sein Gesicht und betrachtete seine Schwester durch die funkelnde Oberfläche. „Du siehst aus wie eine Elfe, Sylvia!"

„Und du, wie ein mutiger Ritter," lachte sie zurück. „Das ist wirklich magisch!"

Mit einem tiefen Atemzug spürten sie, dass der Kristall mehr war als nur ein schöner Edelstein. „Er ist unser kleiner Lehrer," bemerkte Tobias nachdenklich. „Wenn wir traurig sind oder eifersüchtig, können wir ihn nutzen, um die Dinge anders zu sehen. Er wird uns helfen, die Wahrheit zu erkennen!"

Sylvia nickte zustimmend. „Ja! Und er trägt die Energie und den Herzschlag des Waldes in sich. Er erinnert uns daran, dass die Magie immer um uns herum ist, wenn wir nur genau hinsehen."

Das Licht des Kristalls war nicht nur ein schöner Anblick, sondern auch ein Versprechen. Ein Versprechen, dass die Magie des Waldes, die Freundschaft und der Mut, den sie gefunden hatten, sie für immer begleiten würden. In diesem Moment wussten Sylvia und Tobias, dass sie mit diesem funkelnden Empfang nicht nur das Licht des Kristalls in ihr Zuhause gebracht hatten, sondern auch die Lehren und die Erinnerungen, die sie für immer schätzen würden.

Kapitel 23: Die Magie des Augenblicks

Die Kinder standen gebannt vor dem strahlenden Kristall auf dem Fensterbrett. Das Licht, das er in den Raum warf, schimmerte in zahllosen Regenbogenfarben an den Wänden und tanzte wie ein verspieltes Glitzern über den Boden. Es war, als ob das Zimmer in eine zauberhafte Melodie getaucht wurde, in der das Licht des Waldes, die Sterne und die Erinnerung an ihre Abenteuer widerhallten.

Sylvia und Tobias hielten sich an den Händen, ein stilles, starkes Band der Verbundenheit lag zwischen ihnen. Sie spürten eine Welle von Glück und tiefer Freude in ihren Herzen, als Sylvia flüsterte: „Kannst du glauben, dass wir das wirklich erlebt haben? Die Höhle, die Wächter, der Fuchs und Nox und Lumira… "Es war, als ob wir in eine Welt voller Magie getreten sind."

Tobias nickte, seine Augen noch immer auf den Kristall gerichtet, der in seinen schönsten Farben leuchtete. „Und jetzt ist der Kristall hier bei uns," sagte er, seine Stimme voller Bewunderung. „Es ist, als ob ein kleines Stück des Waldes für immer bei uns bleibt. Ich frage mich, was wir alles mit ihm machen können."

„Vielleicht können wir damit auch anderen von unseren Abenteuern erzählen," schlug Sylvia vor und lächelte bei dem Gedanken. „Stell dir vor, wie sie reagieren würden, wenn wir ihnen von den Elfen, den Wächtergestalten und dem geheimnisvollen Licht erzählen!"

Tobias grinste, seine Augen funkelten. „Ja! Und wir können ihnen zeigen, wie man durch den Kristall sieht. Dann könnten sie die Welt auch durch das Licht des Waldes wahrnehmen und die Magie in den kleinen Dingen erkennen."

Während sie sprachen, erfüllte ein leises, fröhliches Summen das Zimmer – wie das Echo des melodischen Klangs, den sie tief in der Höhle gehört hatten. Die Klänge des Waldes und der Höhle, das Kichern der Feen und die weisen Worte der Wächter hallten in ihren Herzen nach und gaben ihnen das Gefühl, dass die Freundschaften und die Lehren, die sie gefunden hatten, für immer ein Teil von ihnen bleiben würden.

„Es ist wirklich besonders, was wir erlebt haben," sagte Tobias schließlich und drückte Sylvias Hand fester. „Ich möchte das nie vergessen. Und wir müssen darauf aufpassen, dass wir immer die Freude und den Mut in unseren Herzen bewahren, egal was passiert."

„Genau," erwiderte Sylvia mit einem warmen Lächeln. „Die Magie des Waldes wird immer Teil von uns sein, solange wir daran glauben und uns daran erinnern. Wir können die Geschichten und das Licht, das wir gefunden haben, in die Welt hinaustragen."

In diesem Moment, umhüllt von den glitzernden Farben des Kristalls, spürten die Geschwister, dass es nicht nur die Abenteuer selbst waren, die ihnen so viel bedeuteten, sondern auch die kleinen, kostbaren Augenblicke, die sie geteilt hatten. Diese Erkenntnis füllte ihre Herzen mit einer tiefen Dankbarkeit – für den Wald, für ihre Freunde und füreinander.

„Lass uns gemeinsam einen Platz im Garten finden, wo der Kristall in die Sonne gestellt werden kann," schlug Tobias vor. „So wird er immer leuchten und uns an die Reise und die Magie erinnern, die wir gefunden haben."

„Das ist eine wunderbare Idee!" rief Sylvia aufgeregt und sprang auf. „Und dort können wir anderen Geschichten erzählen und ihnen die Magie des Waldes zeigen."

Mit einem Lächeln auf den Lippen und einem Gefühl der Vorfreude machten sich die beiden Geschwister auf, ihren besonderen Kristall an einen Ort zu bringen, an dem sein Licht für alle sichtbar erstrahlen würde – ein Symbol für die Magie, die sie gefunden hatten und die Verbundenheit, die sie für immer in ihren Herzen tragen würden.

Danach zog die silberne Schnur sie sanft, aber bestimmt mit einer merklichen Schwere noch tiefer in ihre Körper hinein und löste sich buchstäblich in Luft auf. Mit jedem Schritt zurück in die vertraute Realität schien die Müdigkeit schwerer auf ihnen zu liegen, als ob der Zauber des Waldes sie langsam, wie von unsichtbaren Händen geführt, in den sicheren Hafen ihres Zimmers zurückgeleiten wollte.

Sie widerstanden nicht, ließen die Wärme und die Geborgenheit des Moments wirken, während ihre Augenlider schwerer und schwerer wurden. Schließlich sanken ihre Köpfe erschöpft auf die Kissen und ein tiefer, friedvoller Schlaf hüllte sie ein, wie eine schützende Decke von leuchtenden Erinnerungen. Das Abenteuer und die Magie des Waldes schimmerten noch wie ein kostbarer Traum in ihren Herzen nach, leise und beständig, wie ein inneres Leuchten, das sie auf all ihren Wegen begleiten würde.

Kapitel 24: Die verborgene Spur des Waldes

Am nächsten Morgen, als die ersten Sonnenstrahlen sanft durch das Fenster fielen, öffneten Sylvia und Tobias langsam die Augen. Die Erinnerungen an die vergangene Nacht waren noch so lebendig, dass sie kaum real erschienen. Sylvia setzte sich auf, rieb sich die Augen und seufzte leise.

„Schade, dass es nur ein Traum war," sagte sie leise und sah Tobias an, ihre Stimme noch von einem Anflug von Bedauern geprägt. „Es wäre zu schön, um wahr zu sein, wenn wir den Kristall wirklich mitgebracht hätten...“

Tobias machte große Augen und runzelte die Stirn. „Aber… den haben wir doch in den Garten gestellt!“ Ein Lächeln huschte über sein Gesicht, doch dann, als er sich zum Fenster drehte, hielt er plötzlich inne. Sein Lächeln verwandelte sich in Erstaunen.

Auf dem Fensterbrett, von den ersten Sonnenstrahlen beleuchtet, stand tatsächlich der Regenbogenkristall, das Geschenk des magischen Waldes. Er strahlte in all den Farben, die sie auch in der Höhle gesehen hatten, und erfüllte den Raum mit einem leuchtenden, sanften Glanz. Die beiden starrten ihn mit offenem Mund an, unfähig zu begreifen, dass der Kristall, der in ihren Träumen die Quelle all ihrer Abenteuer gewesen war, nun tatsächlich vor ihnen funkelte.

„Er ist wirklich hier...“ flüsterte Sylvia ehrfürchtig, ihre Stimme zitterte vor Freude und Staunen.

Langsam traten sie näher an den Kristall heran, als würden sie fürchten, ihn zu zerbrechen, wenn sie zu hastig wären. Das sanfte, regenbogenfarbene Licht strahlte von ihm aus und tanzte wie winzige Funken an den Wänden. Sie hielten inne, die Hände fest ineinander verschränkt und atmeten den Moment ein, während das warme Licht des Morgens den Raum erfüllte.

„Vielleicht war es doch kein Traum,“ sagte Tobias leise und sah Sylvia mit glänzenden Augen an.

Noch erfüllt von der Magie des Waldes und dem ungläubigen Staunen über den funkelnden Kristall, beschlossen die beiden, am frühen Morgen noch einmal in den Wald zurückzukehren. Die Sonne lag wie ein goldener Schleier auf den Bäumen und die Luft war frisch und kühl. Sie konnten das Rascheln der Blätter hören und das entfernte Zwitschern der Vögel – ein vertrauter Klang, doch heute schien er geheimnisvoller, als ob er ein verborgenes Geheimnis in sich trug.

„Es fühlt sich so an, als ob der Wald uns etwas erzählen will," flüsterte Sylvia und blickte zwischen die knorrigen Bäume, die sich wie alte Riesen vor ihnen aufbauten.

Tobias nickte und hielt den Kristall fest in seiner Hand, als ob er ihnen den Weg weisen könnte. „Vielleicht führt uns der Kristall dorthin," murmelte er und betrachtete das sanfte Glitzern, das von der Morgensonne eingefangen wurde.

Doch je weiter sie gingen, desto mehr wurde ihnen klar, dass etwas anders war. Der Pfad, auf dem sie in der vergangenen Nacht in ihrem gemeinsamen Traum so sicher zur Höhle gelangt waren, war wie ausgelöscht. Die Bäume standen enger beieinander und die vertrauten Zeichen am Wegrand, die ihnen gestern Orientierung gegeben hatten, schienen verschwunden oder verändert. Sogar die Blätter schienen eine andere Farbe zu haben – sie waren heute dunkler, fast geheimnisvoller.

„Ich könnte schwören, dass der Weg hier langging," sagte Tobias, während er auf einen Bereich zeigte, der nun von dichten Büschen und herabhängenden Ästen bedeckt war.

Sylvia schüttelte den Kopf und lächelte leicht. „Vielleicht hat der Wald entschieden, dass wir unseren Weg gestern nur einmal finden sollten. Vielleicht zeigt er ihn uns nicht mehr, weil wir ihn nicht brauchen."

Tobias dachte darüber nach und nickte schließlich langsam. „Vielleicht will der Wald uns sagen, dass die Magie nicht immer sichtbar ist, aber trotzdem da ist."

Sylvia seufzte und ließ ihren Blick über die Bäume schweifen. „Aber ich wünschte, wir könnten uns verabschieden … von Nox und Lumira und dem Wächterfuchs."

Sie gingen ein Stück weiter und plötzlich fiel ihnen auf, dass der Wald sie still beobachtete. Es war, als würde eine unsichtbare Kraft sie sanft zurückhalten, sie daran hindern, weiter nach dem verschwundenen Pfad zu suchen. Sie spürten, dass der Wald ihnen eine letzte Botschaft senden wollte – eine Erinnerung daran, dass ihre Reise mehr als nur ein Weg zur Höhle war. Der Wald selbst war lebendig, ein Ort voller Geheimnisse, der ihnen nur für diesen einen Augenblick seine Geheimnisse offenbart hatte.

„Vielleicht ist es gar nicht nötig, noch einmal dorthin zurückzugehen," murmelte Sylvia nachdenklich. „Der Kristall und das Lum werden uns immer an alles erinnern."

Tobias nickte und hielt den Kristall fest in seiner Hand. Er funkelte in der Morgensonne, als ob er die Magie des Waldes in sich tragen würde. „Der Wald hat uns dieses Geschenk gegeben, damit wir uns an seine Magie erinnern und sie immer bei uns haben."

Plötzlich schien ein leichter Wind durch die Bäume zu streichen. Sylvia hätte schwören können, dass sie in diesem Moment das leise Kichern von Nox hörte, der irgendwo hinter einem Baum verborgen lachte. Ein sanftes Rascheln und das ferne Zwitschern der Vögel erfüllten die Stille, als ob der Wald ihnen ein sanftes „Lebewohl" zuflüsterte.

Schließlich traten sie den Rückweg an und obwohl sie den Weg zur Höhle nicht noch einmal gefunden hatten, spürten sie eine tiefe Zufriedenheit. Sie wussten, dass sie Teil eines magischen Geheimnisses geworden waren – eines Geheimnisses, das ihnen der Wald offenbart hatte und dass sie nun in ihrem Herzen tragen durften.

Als sie das Ende des Waldes erreichten und wieder in die Nähe ihres Zuhauses kamen, drehte sich Sylvia noch einmal um. Sie betrachtete die Bäume, die nun wieder wie gewöhnliche Bäume aussahen, doch sie wusste, dass der Wald voller verborgener Wunder war, die man nur dann sehen konnte, wenn man mit einem offenen Herzen und einem neugierigen Blick zurückkehrte.

„Vielleicht ist das die wahre Magie," sagte Tobias leise. „Zu wissen, dass es immer Geheimnisse und Wunder gibt, die wir entdecken können, wenn wir nur genau genug hinschauen."

Kapitel 25: Die versteckte Feentür

Als Sylvia und Tobias am nächsten Morgen noch einmal den vertrauten Wald betraten, spürten sie die Nachklänge des gestrigen Abenteuers in jedem Schritt. Der Morgentau lag wie kleine, schimmernde Juwelen auf den Blättern und das erste Sonnenlicht brach sich in den feinen Wassertropfen, die an Gräsern und Ästen hingen. Eine geheimnisvolle Stille erfüllte den Wald, als ob er die Geheimnisse der Nacht noch immer in sich tragen würde.

Plötzlich blieb Tobias stehen und runzelte die Stirn. Er bemerkte etwas Merkwürdiges am Stamm eines alten, knorrigen Baumes. Zwischen den verschlungenen Wurzeln, die wie kräftige Arme aus der Erde ragten, entdeckte er eine winzige, verborgene Tür, die in die Rinde eingelassen war – kaum größer als eine Handfläche. Die Tür schimmerte leicht und der Glanz schien sie magisch anzuziehen.

„Sylvia, schau mal!" flüsterte er, als ob laute Worte die Magie des Augenblicks stören könnten. Sylvia trat vorsichtig näher und spürte sofort eine warme, freudige Energie, die von der kleinen Tür ausging. Wie gebannt legten die beiden ihre Finger auf das winzige Türchen und öffneten es ganz behutsam. Dahinter erstrahlte eine kleine Kammer im Inneren des Baumstamms, die in sanftem, schimmerndem Licht getaucht war.

In der verwunschenen Kammer tummelten sich winzige Feen, die in kleinen Nischen saßen und sich auf zarten Blütenblättern niederließen. Jede Fee schien ein eigenes Licht zu tragen, das die Kammer in ein sanftes, schimmerndes Funkeln tauchte, wie Sterne, die in der Dunkelheit erwachten. Sylvia und Tobias hielten den Atem an, als sie erkannten, dass es dieselben Feen waren, die sie auf ihrer Reise begleitet hatten.

Eine der Feen, zart und leuchtend, schwebte ihnen entgegen. Ihre silbernen Flügel glitzerten im sanften Schein. Es war Lumira. Sie lächelte den Geschwistern freundlich zu und machte eine elegante Verbeugung. „Ihr habt den Kristall des Waldes mit einem reinen Herzen angenommen," sagte sie sanft, ihre Stimme klang wie ein leises Glöckchen. „Das bedeutet, der Wald wird immer in eurem Herzen bleiben und wenn ihr ihn braucht, wird er euch seinen Zauber zeigen."

Hinter Lumira tauchten auch die anderen Feen auf, jede mit einem strahlenden, herzlichen Lächeln. Eine Fee mit leuchtend blauen Flügeln winkte ihnen zu, während eine andere mit grünen

Flügeln einen Blütenstaub-Regen verstreute, der in der Kammer funkelte. Es war ein Abschied, der voller Wärme und Verbundenheit lag und die Feen blickten die Geschwister an, als wollten sie ihnen ein kleines, leises Geheimnis überlassen.

„Werden wir euch jemals wiedersehen?" fragte Tobias mit leiser, beinahe sehnsüchtiger Stimme und seine Augen glitzerten vor Erwartung.

Lumira nickte lächelnd. „Der Wald ist ein geheimnisvoller Ort und er zeigt sich nur, wenn das Herz dazu bereit ist. Vielleicht werdet ihr uns eines Tages wiederfinden – oder vielleicht wird der Wald euch neue Wege zeigen."

Sylvia fühlte, wie tief in ihrem Herzen eine leise, aber feste Freude aufstieg. Sie verstand, dass der Zauber des Waldes sie nie wirklich verlassen würde. „Danke, Lumira. Danke für alles," flüsterte sie und ihre Hand ruhte sanft auf der winzigen Tür, als ob sie den Moment festhalten wollte.

Mit einem letzten, flüchtigen Winken schlossen die Feen die Tür sanft, als ob sie den Zauber für die Ewigkeit bewahren wollten. Doch im nächsten Augenblick war da keine Tür mehr – das kleine Türchen war verschwunden und an seiner Stelle sahen sie nur ein einfaches Astloch, das von rauer, borkiger Rinde umgeben war. Ein gewöhnlicher Baumstamm, ohne Spur von der kleinen Kammer oder den leuchtenden Feen.

Die beiden starrten fassungslos auf das Astloch und fühlten, wie ihre Herzen einen Stich verspürten. Der feine, magische Übergang, der sie für einen kurzen Moment in die verborgene Welt der Feen geführt hatte, war verschwunden. Es war, als hätte sich der Zauber des Waldes selbst in einen flüchtigen Nebel aufgelöst und wäre in die Luft entschwebt.

„Wo ist die Tür hin?" flüsterte Tobias. Seine Stimme war voller Unsicherheit und ein wenig Traurigkeit. Seine Finger tasteten über die Rinde, als ob er die magische Öffnung zurückzaubern könnte. „Gerade eben war sie noch da… Wir haben die Feen gesehen!"

Sylvia legte ihre Hand behutsam auf den Stamm und ihr Blick war sanft und doch erfüllt von Wehmut. „Der Wald hat sich uns gezeigt," sagte sie leise. „Vielleicht gehört dieser Zauber nur in den Wald. Vielleicht ist er unsichtbar, wenn wir es am wenigsten erwarten."

Ein leiser Windzug streifte die beiden und für einen flüchtigen Moment glaubten sie, ein sanftes, spielerisches Kichern im Rascheln der Blätter zu hören – als ob die Feen ihnen ein letztes, schelmisches Lebewohl zuflüsterten. Doch es war nur ein Hauch, kaum mehr als ein Wispern. Ein flüchtiges Gefühl von Glück, das ihnen zugleich die Gewissheit gab: Die magische Welt des Waldes lebte weiter, verborgen, aber für immer in ihren Herzen.

„Das war wirklich echt, oder?" fragte Tobias und blickte seine Schwester an, seine Augen voller Staunen und Wehmut zugleich.

„Ja," antwortete Sylvia und lächelte sanft. „Echt, aber nur für uns. Es war ein Geschenk, das nur in diesem Moment lebendig war und das wir für immer im Herzen behalten werden."

Langsam nahmen sie sich an der Hand und ließen den Baumstamm hinter sich. Sie gingen durch das dichte Grün zurück, jeder Schritt erfüllte sie mit dem Wissen, dass ihre Begegnungen mit Nox, Lumira und den geheimnisvollen Wesen des Waldes sie für immer verändert hatten.

„Vielleicht zeigt sich der Wald uns wieder," sagte Tobias schließlich und ein kleines Lächeln huschte über sein Gesicht. Sylvia nickte zustimmend, das Herz voller lebendiger Erinnerungen an ihre Abenteuer.

Hand in Hand gingen sie zurück, mit dem Kristall des Waldes sicher in Tobias` Tasche. Sie wussten nun, dass die Magie des Waldes für viele vielleicht unsichtbar war – doch nicht für sie. Mit dem Edelsteinblick in ihrem Herzen würden sie immer die Möglichkeit haben, in diese andere Welt zu sehen und ihre verborgenen Wunder zu entdecken.

Jeder Schritt zurück nach Hause war erfüllt von einem leisen Wissen: Der Wald, seine Bewohner und die Geheimnisse, die er für sie geöffnet hatte, würden für immer Teil ihrer Wirklichkeit sein. Sie waren nicht nur Zeugen eines Traumes gewesen; sie hatten die Magie wirklich berührt und die Fähigkeit gewonnen, sie immer wieder zu sehen.

Kapitel 26: Eine Lektion in Magie

Gerade, als die beiden dachten, dass ihre Begegnung mit der Magie des Waldes vorüber sei, flackerte ein sanftes, silbernes Licht zwischen den Bäumen auf. Sie blinzelten und da stand Lumira, die Waldfee, erneut vor ihnen. Ihr Lächeln war warm. Ihre Flügel schimmerten in einem zarten Licht, das sich wie eine Wolke aus Silberstaub um sie legte.

„Ich bin ein letztes Mal hier, um euch etwas Wichtiges mit auf den Weg zu geben," begann die Fee mit einer Stimme, die so klar und doch so leise klang, dass ihre Worte tief in den Herzen der Kinder nachhallten. „Die wahre Magie liegt nicht nur in dem, was ihr sehen könnt. Sie verbirgt sich in jedem Baum, jedem Stein, jedem Windhauch. Sie ist das Gefühl, das euch leitet, auch wenn ihr nicht wisst, warum."

Die Geschwister standen regungslos da, ihre Blicke fest auf Lumira gerichtet, als ob sie jede ihrer Worte in sich aufsaugen wollten. Die Waldfee hob eine zarte Hand und deutete auf die alten Wurzeln des Baumes, an dessen Stamm sie lehnten. „Die Magie ist überall – in der Natur, in euren Herzen, in der Fähigkeit, das Unsichtbare zu fühlen und zu verstehen. Ein achtsames Herz wird immer in der Lage sein, die Magie zu erkennen, die andere übersehen."

Sylvia sah Lumira neugierig an. „Heißt das, wir können diese Magie immer fühlen, wenn wir im Wald sind?" fragte sie leise.

Lumira nickte mit einem sanften Lächeln. „Nicht nur im Wald, Sylvia. Die Magie ist überall, wenn ihr bereit seid, sie zu sehen. Oft versteckt sie sich in kleinen Momenten – im Funkeln des Morgentaus, im Flüstern der Blätter oder im Strahlen des

Regenbogens. Manchmal reicht es, ein offenes Herz zu haben, um die Magie zu spüren."

Der Junge blickte auf den Kristall, den er aus der Höhle mitgebracht hatte. Zögernd zog Tobias ihn aus der Tasche und hielt ihn ins Licht, sodass kleine Regenbögen um ihn herumtanzten. „Ist das der Grund, warum wir diesen Kristall bekommen haben?" fragte er, mehr zu sich selbst als zur Fee. „Damit wir uns immer an die Magie erinnern?"

„Ja," antwortete Lumira mit einem liebevollen Blick. „Dieser Kristall ist euer Leitstern, euer Erinnerungsstück an die Magie des Waldes. Er erinnert euch daran, dass es immer eine andere Sicht auf die Welt gibt, besonders in schwierigen Momenten. Lasst ihn euch helfen, die Welt aus verschiedenen Perspektiven zu betrachten."

Langsam legte Lumira ihre zarten Hände um die der Kinder und eine wohlige Wärme breitete sich aus, als ob die Kraft des Waldes ein letztes Mal in sie übergehen würde. „Vergesst niemals: Der Wald lebt in euch weiter. Ich werde euch begleiten, wohin ihr auch geht – mit jedem Flüstern des Windes, jedem Sonnenstrahl und jedem Lied der Vögel."

Die beiden blickten sich an und in Sylvias Augen leuchtete eine Idee auf. „Tobias," flüsterte sie mit einem Lächeln, „was, wenn wir jeden Tag ein kleines Stück dieser Magie entdecken? Ganz egal, wo wir sind."

Tobias` Augen funkelten aufgeregt. „Ja, wie ein Geheimnis nur für uns und den Wald," sagte er. „Jeden Tag ein kleines Abenteuer – das klingt wunderbar!"

Lumira nickte und trat einen Schritt zurück, ihre Flügel glitzernd wie ein Lichtstrahl in der Dämmerung. „Genau darin liegt die wahre Magie. Wenn ihr das Unsichtbare im Alltag entdeckt, dann lebt der Zauber des Waldes in euch weiter."

Mit diesen Worten breitete Lumira ihre Flügel weit aus und die Luft um sie herum begann sanft zu flimmern. Die Feen, die die Geschwister auf ihrer Reise begleitet hatten, traten ebenfalls hervor, ihre kleinen, leuchtenden Körper wie funkelnde Sterne, die einen schimmernden Kreis um Lumira bildeten. Ein leises Klingen, wie das ferne Läuten winziger Glocken, erfüllte die Luft.

Die kleinen, funkelnden Wesen neigten sich feierlich, jede auf ihre eigene Art – einige mit einem sanften Nicken, andere mit einem verspielten Winken. Dann begannen sie, immer höher und höher zu schweben, bis sie nur noch leuchtende Punkte am Himmel waren, die wie ein letztes „Lebewohl" blinkten, bevor sie in der Dämmerung verschwanden.

Die beiden Geschwister standen reglos da, während Lumiras Licht sich allmählich auflöste und der Wald um sie wieder in seine vertraute Stille zurückkehrte.

Für einen Moment spürten sie eine leise Traurigkeit, doch zugleich auch ein tiefes Wissen. Die Feen gehörten zur Magie des Waldes, die sie mit offenen Herzen erleben durften. Sie waren noch wach und die Magie des Waldes, die sie gespürt hatten, war real – ein unsichtbares Geheimnis, das nur ihnen beiden anvertraut worden war.

„Vielleicht zeigt sich der Wald uns wieder," sagte Tobias leise und sah zurück zu den Bäumen, die im ersten Licht des Morgens glitzerten. Sylvia nickte und nahm seine Hand, das Herz voller Erinnerungen an ihre Abenteuer.

Hand in Hand gingen sie zurück, das Wissen in sich tragend, dass die Magie des Waldes immer bei ihnen bleiben würde. Mit dem Edelsteinblick, der ihnen geschenkt worden war, würden sie die Wunder um sich herum jederzeit wahrnehmen können. Und mit jedem Schritt, den sie machten, wussten sie, dass diese besondere Reise sie für immer verändert hatte.

Kapitel 27: Ein letzter Blick zurück

Am Waldrand blieben Sylvia und Tobias stehen und ließen den Blick über die Szenerie schweifen. Es war, als ob der Wald nun einen anderen, nüchternen Schleier trug. Die Bäume ragten starr und ehrfurchtgebietend empor, ihre Äste hingen unbewegt in der stillen Luft. Kein Funkeln, keine geheimnisvollen Lichter tanzten umher, keine flüsternden Stimmen erklangen – nur das sanfte Rauschen des Windes durch die Blätter, dumpf und geerdet, wie ein tiefes, ewiges Atmen. Die lebendige Magie, die sie nachts gespürt hatten, war einer kühlen Realität gewichen.

„Schau mal, Tobias," sagte Sylvia mit leiser Verwunderung und strich mit den Fingern über die knorrige Rinde eines alten Baumes. „Alles ist so… still. Die Farben sind gedämpft und irgendwie fehlt das Glitzern."

Tobias betrachtete den Wald und nickte nachdenklich. „Ja… kein Wispern, keine Feen, kein schimmerndes Licht. Es ist einfach ein ganz gewöhnlicher Wald." Seine Worte hingen in der Luft und beide schwiegen einen Moment, spürten die rohe, bodenständige Schönheit des Ortes, der nun völlig nüchtern und greifbar vor ihnen lag.

Doch unter der ruhigen Oberfläche des Waldes war etwas spürbar – etwas, das sich mit der Erkenntnis mischte, dass sie ihn anders als je zuvor erlebten. Wo für andere vielleicht nur Bäume und Erde lagen, wussten sie nun von einem Geheimnis, das sich nicht offen zeigte, sondern zwischen Schatten und Blättern verborgen blieb. In jedem Ast und jeder Wurzel schien eine Erinnerung zu schlummern, die nur für sie beide bestimmt war.

„Ich glaube," flüsterte Tobias und legte die Hand auf einen Baumstamm, „dass dieser Wald uns beide irgendwie... erinnert. Wir haben ihn so gesehen, wie er sich nur für wenige zeigt, aber jetzt kehrt er zurück zu seiner normalen, versteckten Seite. Es ist fast so, als würde er uns herausfordern, das Verborgene auch im Alltag zu sehen."

Sylvia lächelte schwach und nickte. „Ja und vielleicht reicht es, einfach zu wissen, dass dieser andere Wald immer da ist – ob wir ihn sehen oder nicht. Vielleicht muss man manchmal genau hinschauen und an die Magie glauben, um ihn wahrzunehmen."

Tobias griff nach dem Kristall "Edelsteinblick" in seiner Tasche und spürte sein sanftes Leuchten, das ihn fast wie ein Echo an die vergangene Nacht erinnerte. „Wann immer wir zurück in die Traumwelt wollen, können wir einfach durch den Kristall schauen," sagte er. „Vielleicht sehen wir dann wieder das Funkeln und das Geheimnisvolle, das letzte Nacht überall war."

Noch einen Moment blieben die beiden stehen und lauschten dem leisen Rascheln der Blätter, das ihnen nun wie ein verborgenes Lachen vorkam, als ob die Wächter des Waldes ihnen einen stillen Abschiedsgruß schickten. Ein kleiner Hauch, ein Zwinkern, wie die Erinnerung an ein Traumreich, das nur für kurze Augenblicke sichtbar wird.

„Komm," sagte Sylvia schließlich und nahm Tobias an der Hand. „Der Wald bleibt immer ein Teil von uns und mit unserer Fantasie können wir immer wieder dorthin zurückkehren, wo er magisch ist."

„Ja," stimmte Tobias lächelnd zu, während er den letzten Blick über das stille, geheimnisvolle Dickicht gleiten ließ. „Der Wald wird nie ganz verschwinden – er lebt in uns weiter."

Mit einem letzten, dankbaren Blick wandten sich die Geschwister vom Waldrand ab und machten sich auf den Heimweg. Ihr Herz war leicht, erfüllt von dem Wissen, dass sie die Geheimnisse des Waldes immer in sich tragen würden und dass sie, wann immer sie es wollten, einen Blick in diese andere Welt werfen könnten.

Kapitel 28: Schlaf, Traum und Erwachen

Zurück in ihrem Zimmer saßen Sylvia und Tobias nebeneinander auf dem Bett, die Erinnerungen an ihre Reise sind noch lebendig und funkeln in ihren Gedanken. Der Regenbogenkristall, den sie aus der Traumwelt mitgebracht hatten, lag in ihren Händen und spiegelte das erste Licht des Morgens wider. Die Farben im Kristall schienen förmlich zu leben, wie eine Brücke, die zurück zur magischen Höhle und dem geheimnisvollen Wald führte. Doch je länger sie den Kristall betrachteten, desto mehr fragte sich Sylvia, ob all das wirklich geschehen war – oder ob es bloß ein Traum gewesen war.

„Tobias," fragte sie leise, „hast du auch diese silberne Schnur gesehen? Sie war die ganze Zeit bei uns, besonders auf dem Rückweg." Sie starrte gedankenverloren auf den Kristall, als könnte sie die Antwort darin finden.

Tobias nickte, das Bild der schimmernden Schnur, die wie eine zarte Linie durch den Wald geführt hatte, noch klar vor Augen. „Ja," flüsterte er, „sie hat uns den Weg gezeigt, zurück zu unserem Zimmer. Als wir das Licht der Höhle hinter uns ließen, wusste ich irgendwie, dass sie uns nach Hause bringt."

Sylvia lächelte bei dem Gedanken. „Vielleicht war die Schnur nicht nur eine Verbindung zu unserem Zuhause, sondern auch zum Wald selbst. Sie hat uns sicher durch die Fantasiewelt geführt, als wäre sie eine Brücke, die uns mit beiden Welten verbindet."

Tobias legte den Regenbogenkristall behutsam auf den Nachttisch, neben das „Lum", das Flori ihnen als Geschenk gegeben hatte. Das Lum schimmerte leise in seinem warmen, goldenen Licht und erinnerte ihn an die zarte Silberschnur, die sie sanft aus der Traumwelt zurückgeführt hatte. „Vielleicht ist die Schnur wie ein magisches Band," sagte er leise. „Eine Verbindung, die immer sicherstellt, dass wir zurückkommen, wenn wir bereit sind. Solange wir die Schnur haben, können wir überall hingehen und immer nach Hause finden."

Sylvia nickte, ihre Augen leuchteten. „Dann ist die Schnur wie eine unsichtbare Beschützerin, die sicherstellt, dass wir uns nicht verirren – selbst in der Fantasie."

Tobias lachte leise und stimmte ihr zu. „Ja, wie eine Aufpasserin, die uns wieder aufweckt, wenn es Zeit ist!" Ihr Lachen erfüllte das Zimmer und es war voller Freude und Erleichterung – eine Freude, die nur die hatten, die ein wunderschönes Abenteuer sicher abgeschlossen hatten.

Nach einer Weile legte Sylvia den Kristall an ihre Brust und sprach sanft: „Vielleicht kann man die Schnur ja auch in die andere Richtung nutzen, um immer wieder zur Fantasie zurückzufinden, wenn wir sie brauchen." Sie hielt den Kristall in das Sonnenlicht, das durch das Fenster fiel und ließ die Farben auf den Boden tanzen, die sich wie ein leuchtender Regenbogen im Zimmer ausbreiteten.

„Genau," sagte Tobias begeistert, „der Kristall ist wie ein Schlüssel, der uns daran erinnert, dass die andere Welt immer bei uns ist. Und wenn wir das nächste Mal von solchen Abenteuern träumen, dann wissen wir, dass die Silberschnur uns beschützt."

In diesem Moment spürten die Geschwister die Macht ihrer Fantasie stärker als je zuvor. Sie hatten erkannt, dass die Traumwelt voller Wunder war und zugleich sicher mit der Wirklichkeit verbunden blieb. Die Silberschnur würde sie immer begleiten und sicherstellen, dass sie – wohin auch immer ihre Träume sie führten – sicher zurückkehrten.

Mit diesem Gedanken kuschelten sie sich unter ihre warmen Decken, das Lum glühte wie eine sanfte, beruhigende Lampe an ihrem Bett. Sie fühlten sich beschützt und bereit für die nächsten Träume, die vielleicht schon in dieser Nacht auf sie warteten. Die Grenze zwischen Traum und Realität schien feiner als je zuvor, doch ihre Fantasie gab ihnen die Freiheit, beide Welten zu betreten und zu erforschen – stets geleitet von der Silberschnur, die sie sicher nach Hause bringen würde.

Kapitel 29: Die Botschaft des Edelsteinblicks

In den Tagen nach ihrer Rückkehr waren Sylvia und Tobias wie verzaubert. Die Reise durch den magischen Wald und die Begegnungen in der geheimnisvollen Höhle hatten ihnen nicht nur Erinnerungen geschenkt – sie hatten ihnen auch eine Aufgabe hinterlassen. Sie wussten nun, dass der *Edelsteinblick* viel mehr war als ein glitzernder Kristall. Er war das Herz eines Geheimnisses, ein Portal, das ihnen zeigte, wie Magie und Realität miteinander verschmelzen konnten.

An einem besonders sonnigen Morgen saßen die beiden im Garten und betrachteten den Kristall, dessen Farben im Licht funkelten. Sylvia hielt ihn sanft in der Hand und als sie die Muster des Lichts betrachtete, sprach sie nachdenklich: „Weißt du, Tobias," begann sie, „wir können den Kristall nicht nur für uns behalten. Der Edelsteinblick… "Er kann anderen helfen, die Welt anders zu sehen – vielleicht so, wie der Wald es uns gezeigt hat."

Tobias nickte, seine Augen voller Begeisterung. „Ja! Wenn die Menschen wüssten, dass man den Alltag wie durch einen Zauber sehen kann, vielleicht würden sie all die kleinen Wunder bemerken, die sie sonst übersehen." Er stellte sich vor, wie das schimmernde Licht des Kristalls den Menschen half, selbst das Unscheinbarste mit neuen Augen zu sehen.

„Genau das!" rief Sylvia. „Der Edelsteinblick hilft uns zu erkennen, dass die Schönheit und die Geheimnisse in allem liegen – auch in Dingen, die uns gewöhnlich erscheinen. Vielleicht ist das die wahre Botschaft des Edelsteinblicks."

Sie saßen eine Weile still, das sanfte Glitzern des Kristalls zwischen ihnen. Schließlich fügte Tobias leise hinzu: „Der Wald hat uns gelehrt, dass jeder Augenblick magisch sein kann, wenn wir ihn bewusst betrachten. Und dieser Kristall ist wie ein Schlüssel – ein Schlüssel zur Welt hinter dem Sichtbaren."

Sylvia schloss die Augen und hielt den Kristall an ihr Herz. „Ja…
der Edelsteinblick kann anderen vielleicht zeigen, dass Magie
immer da ist – wenn wir daran glauben, wenn wir uns für das
Unsichtbare öffnen."

„Stell dir vor," Tobias lächelte, „wenn jeder diesen Kristall nur
einen Moment lang hätte, könnte er das Wundervolle und das
Magische in allem sehen – in den Wolken, den Bäumen, in einem
Lächeln. Die Welt wäre ein ganz anderer Ort."

„Und dann," fuhr Sylvia fort, „hilft er auch, schwierige Dinge
leichter zu sehen. Wenn man den Edelsteinblick hat, dann wird
man daran erinnert, dass es immer verschiedene Perspektiven
gibt. Man sieht vielleicht etwas Dunkles, aber durch den Kristall
erkennt man, dass es auch Licht geben kann. Das ist das
Wichtigste, Tobias."

Mit diesen Gedanken fühlten sich Sylvia und Tobias so
verbunden mit ihrer Mission wie nie zuvor. Der Edelsteinblick
war mehr als nur ein Geschenk – er war eine Einladung, die Welt
auf eine Weise zu betrachten, die Schönheit und Hoffnung in die
Augen aller zaubern konnte.

Und als sie den Kristall noch einmal gemeinsam in die Höhe
hielten, beschlossen sie, ihre Geschichte zu erzählen und die
Botschaft des *Edelsteinblicks* mit allen zu teilen. Wer weiß,
vielleicht würde der Kristall in den Herzen anderer Menschen ein
neues Licht entzünden – ein Licht, das sie zur Magie im
Verborgenen führte und zeigte, dass die Welt voller Wunder ist,
wenn man nur mit offenen Augen und offenem Herzen hinschaut.

Kapitel 30: Der Beginn einer Geschichte

Als Sylvia und Tobias erwachsen wurden, verblasste die Magie ihrer Kindheit nicht. Die Erinnerung an den Wald, die geheimnisvolle Höhle und den funkelnden Regenbogenkristall lebte tief in ihren Herzen weiter. Die Geheimnisse des Edelsteinblicks und die Lektionen jener nächtlichen Reise begleiteten sie, wie ein sanftes Leuchten, das niemals ganz verschwand. Der Wald hatte ihnen etwas mitgegeben, das größer war als die bloße Erinnerung – eine Kraft, die sie durch die Jahre inspirierte und ihnen die Augen für das Wunderbare öffnete.

Sylvia, erfüllt von der Sehnsucht, die Magie ihrer Kindheit mit anderen zu teilen, begann eines Tages, all ihre Erlebnisse niederzuschreiben. Aus einer kleinen Erzählung wuchs ein Buch, das sie „Edelsteinblick – Der Beginn einer Geschichte" nannte. Darin erzählte sie von den Feen, dem klugen Nox, dem hüpfenden Tempus und dem mystischen Licht der Höhle. Mit jedem geschriebenen Wort spürte sie, wie die Magie wieder zum Leben erwachte, als wäre es gestern gewesen. Ihr Wunsch war es, in den Herzen ihrer Leser eine Sehnsucht nach dem Unsichtbaren, nach dem Wunderbaren und nach der Freude des Entdeckens zu wecken.

Tobias hingegen fand auf eine andere Weise seinen Weg, die Magie des Waldes zu bewahren. Er hatte das Lum, das kleine, leuchtende Lichtwesen, nie aus den Augen verloren. Das Lum war wie ein stiller Begleiter, eine Erinnerung daran, dass Licht auch in dunklen Zeiten bestehen bleibt. Als er später seine große Liebe Alexandra heiratete, gab er ihr das Lum als Zeichen seiner Verbundenheit mit der Magie und dem Vertrauen in das Wunderbare. „Es wird uns helfen, unsere eigenen Wunder zu entdecken und daran zu glauben," sagte er ihr lächelnd, als er es ihr überreichte.

Gemeinsam mit Alexandra gründete Tobias eine Familie und ihre drei Töchter – Amadea, Davia und Livana – wuchsen mit der Geschichte des Edelsteinblicks auf. Für die Kinder war der Wald kein gewöhnlicher Ort. Sie hörten von Nox, der ihnen den wahren Wert des Edelsteinblicks erklärte und von Lumira, die ihnen zeigte, dass Magie nicht nur ein Wort war, sondern eine Kraft, die in jedem Herzen wohnt. Sylvia und Tobias erkannten, dass der Kristall und das Lum mehr waren als Erinnerungen – sie waren Zeichen für das Wunderbare, das man entdeckt, wenn man mit offenen Augen und Herzen durch das Leben geht.

Sylvias Buch fand viele Leser und jeder, der in die Geschichte eintauchte, spürte, dass die Magie noch nicht zu Ende war. In ihren letzten Worten ließ sie bewusst Raum für neue Abenteuer, für all jene, die mit dem Edelsteinblick die Welt anders sehen wollten. Die Geschichte war nicht abgeschlossen – sie war nur der Anfang für alle, die den Mut hatten, der Spur des Unbekannten zu folgen und in die Geheimnisse des Waldes einzutauchen.

Doch eines Abends, während Sylvia an ihrem zweiten Buch schrieb, ertönte ein leises Klopfen an ihrer Tür. Als sie öffnete, stand dort ein älterer Mann mit wettergegerbtem Gesicht und einem geheimnisvollen Lächeln. „Ich habe Ihr Buch gelesen", sagte er, während er eine alte Landkarte aus seiner Tasche zog. „Es ist faszinierend… doch ich glaube, Sie haben etwas übersehen. Vielleicht, weil es nicht in Büchern zu finden ist." Er zeigte auf einen unscheinbaren Punkt auf der Karte, einen Ort tief in den Wäldern, den sie noch nie zuvor gesehen hatte.

Sylvia spürte ein Prickeln, das sie an ihre Kindheit erinnerte. „Woher wissen Sie davon?" fragte sie, doch der Mann lächelte nur und erwiderte: „Manchmal sind Geschichten nicht nur Geschichten. Manchmal sind sie ein Schlüssel."

Am nächsten Tag war der Mann verschwunden, doch die Karte blieb. Tobias, der von Sylvias Entdeckung erfuhr, war ebenso fasziniert. „Es könnte nur eine alte Legende sein," sagte er nachdenklich, „Aber vielleicht… Vielleicht ist es mehr als das."

Sylvia lächelte. „Genau das ist es, was ich hoffe, dass die Leser spüren – diese Sehnsucht, es selbst herauszufinden." Sie spürte, wie die Worte des Mannes in ihr nachhallten, wie eine leise Aufforderung, die Magie nicht nur in den Worten, sondern im Leben zu suchen.

Mit dem Titel „Edelsteinblick – Der Beginn einer Geschichte" weckte Sylvia die Sehnsucht in den Herzen ihrer Leser und ließ sie mit einer Frage zurück:

Waren die Wunder, von denen Sylvia und Tobias erzählten, wirklich nur Erfindungen? Oder spiegelten sie eine Wahrheit wider, die jenseits des Alltäglichen liegt
– eine Wahrheit, die nur diejenigen erkennen können, die bereit sind, an das Unfassbare zu glauben?

Manche Leser legten das Buch zur Seite, überzeugt davon, es sei bloße Fantasie. Andere jedoch hielten inne, spürten ein leises Ziehen in ihrer Brust, als hätten sie etwas übersehen – einen Hauch von etwas Vertrautem, das sie nicht benennen konnten. Was, wenn in jedem Wort ein Hinweis lag? Was, wenn die Karte, die Sylvia beschrieben hatte, tatsächlich existierte? Was, wenn der Wald und seine Geheimnisse realer waren, als es zunächst schien?

Vielleicht war es nur eine Geschichte. Vielleicht aber war es ein Ruf, der im Rauschen der Wälder, im Flüstern des Windes und im Schein eines unerwarteten Lichts aufleuchten konnte – für jene, die den Mut hatten, genauer hinzusehen. Diejenigen, die nicht nur lesen, sondern lauschen, und nicht nur träumen, sondern auch suchen.

Und so wurde das Ende ihrer Geschichte zu einem stillen Versprechen: Es gibt Wunder, die nur darauf warten, entdeckt zu werden – von all jenen, die zweifeln, hoffen und sich von der Neugier leiten lassen.

Bist du eine/r von ihnen?

Namensbedeutungen von der Geschichte des Edelsteinblicks:

Sylvia

Der Name **Sylvia** stammt vom lateinischen Wort *silva*, was „Wald" oder „Waldgebiet" bedeutet. Der Name lässt sich als „die aus dem Wald Stammende" oder „die zum Wald Gehörende" übersetzen und trägt eine starke Verbindung zur Natur, insbesondere zu den Wäldern und ihren Geheimnissen.

Symbolik und Bedeutung im Mystischen und Magischen:

- **Naturverbundenheit**: Sylvia wird oft mit der Natur und den Elementen des Waldes assoziiert. Der Name symbolisiert eine tiefe Verbundenheit zur Erde, zur Ruhe und zur Harmonie des Waldes.

- **Geheimnisträgerin**: Der Wald steht häufig als Metapher für das Unterbewusste oder das Unbekannte. Jemand mit dem Namen Sylvia wird daher manchmal als Hüterin oder Trägerin verborgener Geheimnisse betrachtet.

- **Schutz und Heilung**: Da der Wald auch für Schutz und Zuflucht steht, kann der Name Sylvia eine Person repräsentieren, die in sich eine heilende, behütende Kraft trägt.

Weisheit, Magie und Mystik steht bei dem Namen Sylvia daher oft für Eigenschaften wie **Intuition, Naturverbundenheit und die Fähigkeit, in Harmonie mit der Natur und ihren Geheimnissen zu leben.**

Tobias

Der Name **Tobias** stammt aus dem Hebräischen und bedeutet „Gott ist gut" (*tov* = „gut" und *Jahwe* = „Gott"). Er trägt eine tiefe religiöse und spirituelle Bedeutung und hat in verschiedenen Kulturen eine starke symbolische Kraft.

Symbolik und Bedeutung im Mystischen und Magischen:

- **Göttliche Führung und Schutz**: Der Name Tobias wird oft als Ausdruck von göttlicher Nähe und Wohlwollen angesehen. Menschen mit diesem Namen werden manchmal als von einer höheren Kraft behütet betrachtet oder als jene, die göttliche Führung in ihrem Leben suchen.

- **Wahrheit und Stärke**: Tobias wird in einigen Traditionen mit Wahrheitssuche, innerer Stärke und dem Streben nach ethischen Werten verbunden. Er steht symbolisch für jemanden, der eine klare Vision hat und sich bemüht, nach dem Guten zu streben.

- **Heilung und Reisen**: Der Name ist mit dem biblischen Buch Tobit verknüpft, in dem Tobias auf eine Reise geht, um Heilung für seinen Vater zu finden. Daraus ergibt sich eine symbolische Verbindung zu spirituellen Reisen, Wachstum und der Suche nach Heilung.

In der Mystik und Magie kann der Name Tobias also für **spirituelle Führung, Schutz, moralische Stärke und die Suche nach Wahrheit und Heilung** stehen.

Lizzy das Stofflamm

Der Name **Lizzy** ist eine Kurzform von **Elizabeth** und hat ihre Ursprünge im Hebräischen. Der ursprüngliche Name **Elisheba** bedeutet „Gott ist mein Eid" oder „Gott ist Fülle". Lizzy trägt somit die Bedeutung einer Verbindung zu göttlichem Versprechen oder Treue.

Symbolik und Bedeutung im Mystischen und Magischen:

- **Göttliche Bindung und Treue**: Da Lizzy von Elizabeth abstammt, schwingt die Symbolik von Verlässlichkeit und göttlicher Loyalität mit. Der Name wird oft mit einer tiefen Verbindung zu Versprechen, Glauben und Vertrauen in höhere Mächte assoziiert.

- **Wahrheit und Reinheit**: In einigen Traditionen wird der Name mit Reinheit und Klarheit des Herzens in Verbindung gebracht, was ihn geeignet macht für Personen, die für Weisheit, Wahrheit und klare innere Werte stehen.

- **Intuition und Innere Stärke**: Lizzy trägt im magischen Kontext eine Energie, die Intuition und innere Stärke fördert. Sie wird manchmal als „Hüterin des inneren Lichts" betrachtet – jemand, der durch schwierige Zeiten führt und anderen eine ruhige, vertrauensvolle Führung bietet.

Lizzy verkörpert somit **Wahrheit, göttliche Treue, innere Klarheit und intuitive Führung**.

Lumira die Sternenfee

Der Name **Lumira** stammt von dem lateinischen Wort **"Lumen"**, das „Licht" bedeutet. Der Name kann also als „die Leuchtende" oder „die Lichtbringerin" interpretiert werden.

Symbolik und Bedeutung im Mystischen und Magischen:

- **Licht und Erleuchtung**: Lumira wird oft mit Licht, Erleuchtung und Klarheit in Verbindung gebracht. Sie kann als eine Figur betrachtet werden, die Wissen und Weisheit bringt, ähnlich wie ein Leuchtfeuer in der Dunkelheit.

- **Wahrheit und Reinheit**: Da Licht traditionell als Symbol für Wahrheit und Reinheit gesehen wird, wird Lumira im magischen Kontext oft als Repräsentantin einer reinen, unverfälschten Wahrheit betrachtet. Sie könnte also eine Hüterin des Wissens oder der Weisheit sein.

- **Transformation und Führung**: In der Mystik wird Licht oft mit Führung und Transformation assoziiert. Lumira könnte als Figur gesehen werden, die anderen den Weg weist oder ihnen hilft, innere Klarheit zu finden und sich selbst zu verstehen.

Lumira verkörpert also **Licht, Führung, Transformation, Wahrheit und Weisheit** – sie ist eine symbolische Bringerin von Erkenntnis und die Hüterin des Lichts, das Dunkelheit und Zweifel vertreibt.

Airi die Waldfee

Der Name **Airi** hat mehrere Bedeutungen und Ursprünge:

Japanisch: Im Japanischen bedeutet Airi 愛莉 „Liebe" (愛, *ai*) und „Jasmin" oder „Lilie" (莉, *ri*). Der Name wird oft als „die Liebe, die blüht" oder „geliebte Blüte" interpretiert.

- **Finnisch**: In Finnland bedeutet Airi „Führer" oder „Führerin". Der Name hat eine freundliche, wohlwollende Konnotation und wird oft mit einer Figur assoziiert, die sanfte Stärke und Fürsorge ausstrahlt.

- **Mystische Symbolik**: Airi wird oft als Name für Naturgeister oder Waldwesen verwendet und ist in manchen Kontexten eng mit der Natur verbunden. Als eine „Liebe, die blüht" und eine „Führerin" ist Airi ein Symbol für Harmonie mit der Natur, Hingabe und dem Schutz des Lebens.

Bedeutung im Magischen und Mystischen

- **Liebe und Schutz**: Airi wird in mystischen Texten manchmal als Schutzwesen dargestellt, das die Natur und ihre Lebewesen in Frieden hält.

- **Blühendes Leben und Naturverbundenheit**: Die Verbindung zur Blüte und zum „Führen" macht Airi zu einem idealen Namen für Wesen, die die Lebenskraft der Natur bewahren und pflegen.

Airi symbolisiert also **Liebe, Führung, Blüte und Naturverbundenheit** und eignet sich hervorragend für eine Figur, die die **schützende und fürsorgliche Seele des Waldes** verkörpert.

Nerida die Elfe

Der Name **Nerida** hat eine starke Verbindung zur Natur und zur Mythologie, insbesondere im Zusammenhang mit Wasser und dem Meer.

- **Griechisch**: Der Name stammt vom griechischen Wort *Nerēis*, was „Meerjungfrau" oder „Nymphe" bedeutet. In der griechischen Mythologie waren die Nereiden Meeresnymphen, die das Meer beschützten und eng mit dem Wasser und seinen Geheimnissen verbunden waren. Sie symbolisieren das **Mystische und Tiefe der Ozeane** sowie **Schutz und Führung**.

- **Aboriginal (australisch)**: In einigen australischen Aborigine-Dialekten bedeutet Nerida „Blume" oder „Lotusblume", was eine subtile Verbindung zur Natur und zum Wachsen in Verborgenem herstellt, wie eine Blume, die aus der Tiefe des Wassers aufblüht. Die Lotusblume selbst steht oft für **Reinheit, Erleuchtung und Ruhe**.

Bedeutung im Magischen und Mystischen

- **Verbindung zum Wasser**: Nerida symbolisiert das Element Wasser, was für Tiefe, Emotion, Intuition und das Unterbewusste steht. Sie repräsentiert ein Wesen, das im Fluss des Lebens navigiert und andere darin führt.

- **Geheimnisse und Schutz**: Wie die Nereiden in der Mythologie, könnte der Name Nerida für jemanden stehen, der die verborgenen Geheimnisse bewahrt und diejenigen beschützt, die sich auf die Reise ins Unbekannte wagen.

Insgesamt symbolisiert **Nerida** also **Geheimnisse, Schutz, Verbindung zum Wasser und Wachstum** – ein idealer Name für eine Figur, die mit den tiefen Geheimnissen und den heilenden Kräften des Wassers verbunden ist.

Lysandra die Elfe

Der Name **Lysandra** hat Wurzeln in der griechischen Sprache und Mythologie und bringt Bedeutungen wie „Befreierin" und „Beschützerin" mit sich. Der Name setzt sich aus zwei griechischen Elementen zusammen: *lysis*, was „Befreiung" oder „Auflösung" bedeutet und *aner* oder *andros*, was „Mann" oder „Mensch" bedeutet.

Historische und Mythologische Bedeutung

- **Antike Griechenland**: Lysandra war ein Name, der in der griechischen Antike für starke Frauen verwendet wurde. Er deutet auf jemanden hin, der Freiheit und Schutz bietet, eine Anführerin, die andere inspiriert.

- **Befreiung und Transformation**: Da „lysis" auch für das Auflösen von alten Bindungen oder Blockaden steht, ist Lysandra symbolisch mit dem **Lösen von Fesseln** verbunden und kann jemandem zugeschrieben werden, der **Veränderung und Wandel** verkörpert.

Magische und Mystische Aspekte

- **Beschützerin und Transformatorin**: Lysandra kann in einem magischen Kontext eine **Bewahrerin von Geheimnissen** oder eine **Schützerin der Natur** darstellen, die Veränderung und Erneuerung herbeiführt.

- **Verbindung zur Pflanzenwelt:** Lysandra wird oft mit dem Lysandra-Bläuling (einem blauen Schmetterling) assoziiert, was eine subtile Verbindung zur Transformation und Leichtigkeit zeigt. Schmetterlinge gelten in vielen Kulturen als Symbol der Verwandlung und des spirituellen Wachstums.

Insgesamt steht der Name **Lysandra** für **Schutz, Befreiung, Wandel und Transformation** – perfekt für eine Figur, die Weisheit, Naturverbundenheit und die Kraft des Wandels verkörpert.

Thalia die Elfe

Der Name **Thalia** stammt aus dem Griechischen und bedeutet „die Blühende" oder „die Fülle". In der griechischen Mythologie ist Thalia eine der neun Musen, die Muse der Komödie und des pastoralen Gesangs, sowie eine der drei Charitten (Grazien), die für Schönheit, Anmut und Lebensfreude stehen.

Historische und Mythologische Bedeutung

- **Griechische Mythologie**: Thalia, als eine der Musen, inspirierte Künstler, Dichter und Musiker und verkörperte Freude und Optimismus. Als eine der Chariten steht sie für Anmut, Heiterkeit und das Wohlergehen in Gemeinschaft.

- **Blüte und Fülle**: Der Name Thalia wird häufig mit dem Frühling, dem Erwachen der Natur und der Fülle des Lebens assoziiert. Ihre Bedeutung symbolisiert den Kreislauf des Wachsens und Gedeihens.

Magische und Mystische Aspekte

- **Symbol der Lebensfreude und Harmonie**: In der Mystik und Magie steht Thalia für Lebensenergie, Kreativität und das Verlangen nach Harmonie. Sie ist ein Symbol für Freude, Überfluss und die Schönheit, die das Leben bietet.

- **Wächterin des Wohlstands und der Freude**: Thalia kann als Figur der Schutzpatronin für Lebensfreude, Optimismus und Kreativität angesehen werden, die das Wachstum und die positiven Aspekte des Lebens stärkt und bewahrt.

Der Name **Thalia** repräsentiert somit **Blüte, Lebensfreude, Kreativität und Harmonie** – ideale Eigenschaften für eine Figur, die Schönheit und positive Energie in einer Geschichte verkörpert.

Tempus der Hase

Der Name **Tempus** leitet sich aus dem Lateinischen ab und bedeutet „Zeit". Im Kontext von Geschichten und mythologischen Erzählungen wird „Tempus" oft als symbolische Figur für das Wesen und die Macht der Zeit verwendet.

Historische und Mythologische Bedeutung

- **Zeit und Wandel**: In der römischen und allgemeinen westlichen Symbolik steht „Tempus" für das Konzept der Zeit, des Wandels und der Vergänglichkeit. Alles ist in einem stetigen Fluss und der Name kann daher auch einen „Hüter" oder „Herrn der Zeit" symbolisieren.

- **Zeit und Weisheit**: Tempus kann auch als Symbol für Weisheit und Geduld betrachtet werden, da die Zeit alle Geheimnisse bewahrt und offenbart. Sie bringt sowohl Erkenntnisse als auch Vergänglichkeit mit sich.

Magische und Mystische Aspekte

- **Hüter des Zeitflusses**: Tempus wäre im magischen Kontext ein Wesen oder Geist, der die Zeit bewacht, lenkt oder beeinflusst. Dies könnte auch die Fähigkeit umfassen, in andere Zeiten zu reisen oder Einsicht in die Vergangenheit und die Zukunft zu haben.

- **Symbol für Schicksal und Bestimmung**: Die Zeit ist oft mit dem Schicksal verbunden. Tempus könnte auch als eine Gestalt verstanden werden, die über das Schicksal derjenigen wacht, die ihm begegnen.

Insgesamt steht **Tempus** für die mystische Macht der **Zeit, des Schicksals, der Weisheit und der Ewigkeit**. Der Name würde gut zu einer Figur passen, die Geheimnisse der Zeit enthüllt und den Verlauf von Ereignissen auf besondere Weise beeinflussen kann.

Nox der Kobold

Der Name **Nox** stammt ebenfalls aus dem Lateinischen und bedeutet „Nacht". In der Mythologie und Symbolik trägt „Nox" tiefe, mystische Bedeutungen, die mit Dunkelheit, Ruhe und dem Geheimnisvollen verbunden sind.

Historische und Mythologische Bedeutung

- **Göttin der Nacht**: In der römischen und griechischen Mythologie ist Nox (lat.) oder Nyx (griech.) die Göttin der Nacht. Sie repräsentiert die dunklen, oft verborgenen Aspekte des Universums und gilt als eine der ursprünglichen, mächtigen Kräfte der Schöpfung.

- **Symbol für Geheimnisse und Schutz**: Die Nacht steht in der Mythologie oft für das Verborgene und Unerklärliche, aber auch für Schutz und Ruhe, da die Dunkelheit das Leben zur Ruhe bringt und vor Gefahren verbirgt.

Magische und Mystische Aspekte

- **Hüter der Geheimnisse**: Nox kann als Symbol für Wissen und Geheimnisse verstanden werden, die im Dunkel verborgen sind und nur denjenigen zugänglich sind, die mutig genug sind, in die Tiefe der Nacht zu blicken.

- **Führer durch die Dunkelheit**: In magischen Kontexten steht Nox für die Fähigkeit, auch in unbekannten und düsteren Umgebungen Orientierung und Schutz zu bieten.

- **Verbindung zur Traumwelt**: Die Nacht ist auch mit Träumen und anderen Welten verbunden, die nur im Dunkel erfahrbar sind. So steht der Name für die Fähigkeit, zwischen Realitäten zu reisen und das Verborgene sichtbar zu machen.

Insgesamt steht **Nox** für die **Nacht, das Mystische, das Verborgene und die Weisheit** der Dunkelheit. Der Name passt gut zu einer Figur, die über Geheimnisse wacht und in den stillen, unergründlichen Tiefen des Verborgenen zuhause ist.

Nyxian der Wächterfuchs

Der Name **Nyxian** ist stark mit der griechischen Göttin **Nyx** verbunden, die die Personifikation der Nacht und eine der ältesten und mächtigsten Gottheiten in der griechischen Mythologie ist.

Bedeutung und Herkunft

- **Ableitung von Nyx**: Nyxian ist abgeleitet von **Nyx**, was „Nacht" bedeutet. In der griechischen Mythologie symbolisiert Nyx die Dunkelheit und die Nacht selbst und ist die Mutter vieler anderer mystischer Kräfte, darunter Hypnos (Schlaf) und Thanatos (Tod).

- **Mystischer und okkulter Charakter**: Der Name Nyxian vermittelt eine tiefe Verbindung zur Nacht und allem, was dunkel, verborgen oder geheimnisvoll ist.

Symbolik und Magische Bedeutung

- **Hüter der Nacht und des Geheimnisvollen**: Nyxian symbolisiert das Verständnis und die Macht über das Verborgene und Unbekannte sowie die Fähigkeit, verborgene Weisheit aus der Dunkelheit zu schöpfen.

- **Beschützer der Schatten**: Als Symbol der Nacht ist der Name oft mit Schutz und Geborgenheit verbunden, ähnlich wie der Mantel der Nacht, der alles in Ruhe und Sicherheit wiegt.

- **Fähigkeit, in zwei Welten zu leben**: Die Nacht ist die Zeit der Träume und so steht Nyxian auch für die Fähigkeit, zwischen der realen Welt und der mystischen, traumhaften Welt zu wandern, als eine Brücke zwischen Tag und Nacht.

Insgesamt steht **Nyxian** für **die Weisheit der Nacht, das Geheimnisvolle und den Schutz des Verborgenen**. Es ist ein Name, der tief in der Mythologie und Mystik verwurzelt ist und sich für eine

Figur eignet, die über Geheimnisse wacht oder ein Bewusstsein für die dunklen, unbekannten Seiten des Lebens hat.

Minerva die Eule

Der Name **Minerva** hat eine reiche mythologische und symbolische Bedeutung, die sich bis zur Antike zurückverfolgen lässt.

Herkunft und Mythologie

- **Römische Göttin der Weisheit und des Krieges**: Minerva ist die römische Göttin der Weisheit, Strategie und des Krieges. Sie entspricht der griechischen Göttin Athene und ist eine der Hauptgottheiten im römischen Pantheon.

- **Geburtsgeschichte**: Einer Legende zufolge entstand Minerva aus dem Kopf ihres Vaters Jupiter (Zeus), bereits vollständig bewaffnet, was ihre Kraft und ihren Intellekt symbolisiert.

Symbolik und Bedeutung

- **Weisheit und Wissen**: Minerva gilt als Göttin der Weisheit, Klugheit und des strategischen Denkens. Sie wird oft mit Weisheit, Logik und einem klaren Verstand in Verbindung gebracht.

- **Kunst und Handwerk**: Neben ihren kriegerischen Aspekten ist Minerva auch die Patronin der Künste, der Musik, des Handwerks und der Medizin. Sie symbolisiert Kreativität, Geschicklichkeit und eine tiefere Verbindung zu handwerklichem Können.

- **Schutzgöttin und Ratgeberin**: Minerva ist eine Beschützerin, die sowohl in Kriegen als auch in intellektuellen Angelegenheiten Rat und Hilfe gewährt. Sie steht für das strategische Vorgehen und die Bereitschaft, sich klug und bedacht zu verteidigen.

Magische und Okkulte Assoziationen

- **Intuitive Kraft und strategisches Denken**: In der Mystik steht Minerva für die Fähigkeit, intuitiv zu verstehen und strategisch zu handeln.

- **Weißmagische Weisheit**: Minerva wird oft mit Schutzzaubern, Intelligenz und Klarheit assoziiert und ist ein Symbol für geistige Stärke und innere Ruhe.

Minerva ist daher ein Name, der für **Weisheit, Intelligenz, Schutz und strategische Kraft** steht. In spirituellen und okkulten Kontexten ist sie eine Führungspersönlichkeit und ein Symbol für das Streben nach höherem Wissen und Schutz vor Unwissenheit und Verwirrung.

"Was bedeutet dein Name?"

Denk darüber nach, was deinen Namen besonders macht. Was verbindest du damit? Notiere deine Gedanken, Gefühle oder zeichne etwas, das deinen Namen beschreibt.

_____

_____

_____

_____

_____

_____

_____

_____

_____

_____

_____

_____

Wie würde dein Edelstein aussehen, wenn du ihn in der Höhle des Waldes bekommen hättest? Wenn du Lust hast, zeichne diesen sehr gerne auf diese Seite:

Über die Autorin

Sylvia Geiselhart (*1975) hat sich nie darauf verlassen, Titel oder äußere Anerkennung zu benötigen, um ihre Gedanken in die Welt zu tragen. Stattdessen folgt sie ihrem inneren Ruf, die Welt durch neue Perspektiven und unerwartete Blickwinkel zu betrachten.

Inspiriert von ihrer tiefen Verbindung zu Spiritualität und den universellen Fragen des Lebens, lädt sie ihre Leser mit der Metapher des *Edelsteinblicks* dazu ein, die Dinge aus einem facettenreichen Licht zu betrachten. Denn so wie ein Edelstein seine wahre Schönheit erst zeigt, wenn das Licht auf ihn trifft, entfaltet auch das Leben seinen Sinn, wenn wir uns trauen, die verschiedenen Facetten zu ergründen.

Mit ihren Büchern möchte sie Menschen dazu ermutigen, nicht nur Antworten zu suchen, sondern die Fragen zu finden, die unsere innere Welt erhellen – und sie daran erinnern, dass die Magie nicht nur in fernen Welten existiert, sondern vor allem in uns selbst.

Was dich interessieren könnte:

„Hat dich die magische Reise des *Edelsteinblicks* verzaubert? Wusstest du, dass es diese Geschichte auch in einer erweiterten Version für Leser ab 16 Jahren gibt?

Diese Fassung taucht noch tiefer in die Traumwelt ein und enthüllt Facetten, die Erwachsene auf besondere Weise berühren. Sie ist ein Geschenk für alle, die bereit sind, die Magie der Geschichte neu zu entdecken – voller Symbolik, Inspiration und Tiefe.

Wenn du den *Edelsteinblick* verschenkst oder weiterempfiehlst, schenkst du nicht nur ein Buch, sondern auch einen Funken Magie, der weitergetragen wird. So wird der *Edelsteinblick* zu einer Brücke zwischen Herzen, die das Licht und die Geschichten weiterleuchten lässt.“